Fritz Molden

AUFGEWACHSEN HINTER GRÜNEN JALOUSIEN

FRITZ MOLDEN

AUFGEWACHSEN HINTER GRÜNEN JALOUSIEN

Vergessene Geschichten aus Österreichs bürgerlicher Welt

IBERA & MOLDEN

Die Deutsche Bibliothek – CIP-Einheitsaufnahme
Molden, Fritz:
Grüne Jalousien / Fritz Molden.
1.Aufl. Wien : Ibera-Verl., 1996
ISBN: 3-900436-32-0

1. Auflage

Umschlag: Hans Schaumberger
Lektorat: Franz Schrapfeneder
Satz und Herstellung: Ibera Verlag, Wien
ISBN 3-900436-32-0

INHALT

Ein Vorwort

GRÜNE JALOUSIEN

„Aufgewachsen hinter grünen Jalousien" war in der bürgerlichen Welt des Österreich zwischen den beiden Weltkriegen eine häufig gebrauchte Kennzeichnung der Angehörigen einer Gesellschaftsschicht mit einem gewissen – gehobenen oder bescheidenen – Wohlstand und dem ihr eigenen Lebensstil.

Es war ein weiter Kreis, der sich im Schutz der grünen Jalousien herumtrieb. Das städtische Bürgertum Wiens, aber auch der Landesmetropolen und der alten Städte – von Hainburg bis Dornbirn, von Freistadt bis Villach. Natürlich waren in diesem Kreis die freien Berufe wie Advokaten, Notare und Richter, Ärzte und die Apotheker ebenso vertreten wie Fabrikanten, Bankiers und Kaufleute. Ferner – in Österreich natürlich besonders wichtig – gehörte dazu die Beamtenschaft, ohne die auch in der Republik nichts lief. Dazu kamen Universitätsprofessoren und andere Wissenschaftler, etliche Schriftsteller, Journalisten und Künstler, schließlich Aristokraten oder Landwirte, soweit sie sich einer bürgerlichen Lebensweise befleißigten.

Dieses Leben einer breiten Mittelschicht spielte sich anders und – wenn man will – „österreichischer" ab, als das in Literatur und historischer Dokumentation immer wieder entworfene Bild des Landes und seiner

Menschen es nun darstellt. Wenn man den landläufigen historischen wie auch literarischen Berichten über Österreich und seine Bewohner folgt, entsteht häufig der Eindruck, es habe einerseits das habsburgische Kaiserreich mit seinem Erzhaus, seinen Aristokraten und seiner mehr oder weniger glorreichen Armee gegeben; andererseits die teils jodelnden, teils noch fast in der Leibeigenschaft schmachtenden Bauern mit ihren Steirerhüten und Lederhosen; ferner ein sich aus dem Fron frühkapitalistischer Knechtschaft erhebendes kraftvolles Proletariat; und schließlich die durch ihren Witz, ihre großen kulturellen Leistungen und ihren Geschäftssinn hervorstechende jüdische Gesellschaft Wiens, deren Höhepunkte und tragisches Ende von Dichtern wie Stefan Zweig und Friedrich Torberg in einmaliger Weise beschrieben worden sind.

In der Tat gab es aber neben diesen erwähnten gesellschaftlichen Gruppen noch jene bürgerliche Mittelschicht, deren Leben, Treiben, Lieben und Sterben weitgehend der Vergessenheit anheimgefallen sind. Doch gerade dieses Bürgertum war es, das Österreich in den Jahrzehnten nach dem Ende der Monarchie weitgehend geprägt hat und das eine Kontinuität zu erhalten imstande war, ohne die nach der 17jährigen Besetzung – zuerst durch die Nazis, dann durch die Alliierten – das strukturelle Wiedererstehen Österreichs als Zweite Republik kaum denkbar gewesen wäre.

Der Autor bemüht sich im vorliegenden Buch, die „grünen Jalousien" aufzuziehen, hintér denen sich das etwas blessierte, aber immer noch brillante und heitere Österreich zwischen 1918 und 1938 verborgen hielt – eine Welt, die auch noch das Kuriositätenkabinett des vierfach besetzten Landes von 1945 bis zum Staatsvertrag prägte. Es ist eine scheinbar kleine Welt, die einem in viele Stücke zersprungenen Spiegel gleicht. Auf welches Stück auch immer man blickt, man sieht nur das Eckerl eines Ganzen, das es nicht mehr gibt. Zusammen freilich haben die übriggebliebenen Scherben den Zauber der alten Laterna magica.

Welt hinter grünen Jalousien. Hier geht es weder um Politik noch um Wirtschaftskrisen, die damals allerdings um ein Vielfaches schlimmer waren, als man es sich heute vorstellen kann. Es geht um die heute nur mehr schwer nachvollziehbare Atmosphäre einer versunkenen Welt, einer Welt, aus der heute, zwei oder drei Generationen später, die Menschen einen erheblichen Teil ihrer geistigen, gesellschaftlichen und kulturellen Wurzeln beziehen. Diese nahezu versunkene Welt soll der Vergessenheit entrissen werden. Zum Nutzen und hoffentlich auch zum Gaudium des geschätzten Lesers. Es kann nämlich gelacht werden über die Geschichten aus dem österreichischen Minimundus jener Zeiten.

Dieses Buch ist nicht autobiographisch zu verstehen, wenngleich der Autor in einigen Geschichten als Protagonist oder in einer Nebenrolle auftritt. Es ist vielmehr die Biographie einer uns immer noch nahen Epoche, deren völliges Verschwinden einen mit leiser Traurigkeit erfüllt, weil nichts Vergleichbares sie ersetzt hat.

Erste Geschichte

SOMMERFRISCHE

„Arnbach, das muß am End´ der Welt liegen, vielleicht in Friaul oder in Istrien oder gar in Deutschland draußen!" Unser Stubenmädel Erna war konsterniert, daß sie mit der ganzen Familie auf Sommerfrische in einen Ort fahren sollte, den es offenbar in Österreich überhaupt nicht gab.

Dabei hatte es so vielversprechend angefangen. Alle hatten sich schon auf die Sommerferien gefreut. Papa war es nach gründlicher Recherche gelungen, eine Sommerwohnung im ersten Stock eines geräumigen, uralten Bauernhauses in einem kleinen Osttiroler Alpendorf ausfindig zu machen und zu mieten. Die Familie samt Erna und der dicken Köchin Julie sollte zu Ferienbeginn mit der Bahn nach Arnbach reisen und zwei Monate dort bleiben. Papa würde uns am ersten Wochenende hinausbringen, dann, so wie jedes Jahr, den Juli über noch arbeitend in Wien verbleiben und schließlich im August mit uns den Urlaub genießen. Mama hatte sich mit etlichen Freunden verabredet, die ins benachbarte Südtirol auf Sommerfrische gingen, und wollte im übrigen schreiben. Wir Buben würden Ausflüge machen, in der jungen Drau fischen und den Bauern auf seinen Almgängen begleiten dürfen. Kurzum: es erwartete uns das im Grunde vertraute und doch immer wieder neue Traumbild einer

Sommerfrische jener zwei allzu kurzen Jahrzehnte zwischen den großen Kriegen. Wir warteten gespannt und glücklich, daß der Juni endlich zu Ende gehen würde. Und dann geschah das Malheur mit der Erna.

Ursprünglich war sie quietschvergnügt gewesen: der bevorstehenden Reise wegen und weil sie einen ebenso feschen wie netten Bräutigam ihr eigen nannte. Erna war gebürtige Wiener Neustädterin, der Bräutigam stammte aus Weikersdorf im Steinfelde und war bei der Schneebergbahn als Heizer beschäftigt. Schon allein die Natur dieses Berufes ließ ihn mir als ein Wesen höherer Art erscheinen. Meine ganze Liebe und mein leidenschaftliches Interesse galten nämlich der Eisenbahn. In zweiter Linie, weit abgeschlagen, faszinierte mich der Zirkus.

Erna hatte ihren Heinzi bereits im Mai, als die ersten Sommerfrischen-Pläne gewälzt wurden, zu uns nach Döbling gebracht und ihn der Mama vorgestellt. Heinzi fand schnell Gnade vor deren Augen, und wir Buben waren ganz begeistert von ihm. Er war nämlich nicht nur Eisenbahner, sondern war auch Linksaußen beim FC Weikersdorf. Vor allem aber erzählte mir Heinzi schon beim ersten Besuch alles von der Schneebergbahn, die pfauchend, durch ein Zahnrad gestützt, tagtäglich auf den höchsten Berg Niederösterreichs hinaufkeuchte. Er erzählte mir auch vom geheimnisvollen Tatzelwurm, der in einer Schlucht an den Hängen des Schneeberges hauste. Dieser Tatzelwurm konnte fast ebensogut Feuer und Rauch speien wie die Lokomotive der Zahnradbahn, und die Menschen in der Gegend fürchteten sich vor ihm. Denn – die Magna Mater von Mariazell beschütze uns! – in

Zeiten großer tatzelwurmischer Hungersnöte pflegte er sich an durch das Gebirge wandernden Touristen zu vergreifen und selbige zu verspeisen.

Erna hatte prompt sekundiert: „Besonders schmekken tan eam klane Buam, die dauernd nasenbohren." Die Erwähnung meines Lieblingshobbys in diesem Zusammenhang versetzte mich in Angst und Schrekken. Ich rannte heulend zu Mama, die Ernas Aussage über die Gefahren, denen nasenbohrende Buben allerorts ausgesetzt waren, bestätigte. Dann beruhigte sie mich. Wir würden ja heuer nicht an den Schneeberg, sondern ins schöne Arnbach auf Sommerfrische fahren. Sie wandte sich an Erna und deren Bräutigam und fügte hinzu: „Vielleicht kommt uns der Heinzi einmal besuchen, als Eisenbahner hat er wohl sicher Freifahrten gut." Erna lächelte dankbar.

Heinzi indes setzte mit ernstem Gesicht sein Kaffeehäferl auf den Küchentisch, zuckte die Achseln, und dann nahm die Katastrophe ihren Lauf. „Gnä´ Frau", begann er, „gehorsamst ´tschuldigung, aber des Dorf Arnbach, wo die Herrschaften bittschön in Sommerfrische fahren wollen, des Dorf gibt es überhaupt nicht. Jedenfalls net in Österreich!" Mama war sprachlos, Ernas Unterlippe begann ängstlich zu zittern, sie bangte in den damals herrschenden Zeiten der schweren Wirtschaftskrise um ihren guten Posten. Wie konnte ihr Heinzi den „Herrn Doktor", wie sie Papa nannte (im Gegensatz zu Heinzi, der von Papa immer nur als vom „Chef" sprach), als Ignoranten, ja schlimmer noch, als Lügner hinstellen! Mama beruhigte Erna und meinte zu Heinzi, er habe sich vielleicht geirrt und angenommen, Arnbach sei eine Station in Niederösterreich, der Ort liege aber in Tirol ... Diese Bemerkung fügte indes Heinzi weitere Pein zu, denn nun schien auch sein professionelles Wissen als Eisenbahner in Frage gestellt. Er habe in der Sache Arnbach bei Gott gründlich erhoben. Sowie sich die Möglichkeit aufgetan hatte, die sommerfrischende Erna dortselbst zu besuchen, habe er im Bahnhof Puchberg am Schneeberg, wo er Dienst tat, sofort mit einem erfahrenen Kollegen, dem Fahrkartenverkäufer Smetacek Karli, Kontakt aufgenommen. Diesen habe er ersucht, ihm die günstigste Zugverbindung und bestmögliche Ermäßigung von Puchberg nach Arnbach und retour herauszusuchen. Smetacek habe gerade einen Haufen Passagiere zu bedienen gehabt, die noch am nämlichen Nachmittag auf den Schneeberg hinauffahren wollten, um das zu erwartende Alpenglühen der umliegenden Gipfel zu genießen. Er habe aber versprochen, dem Heinzi noch am selben Abend im Bahnhofsrestaurant dritter Klasse bei einem Seidel Piestinger, einer Knackwurst in Essig und Öl und einem extralangen Salzstangerl Bescheid zu geben.

Smetacek kam spät. „Dein Arnbach, des Nest, des gibt´s überhaupt net“, habe er gebrummt und zum Beweis seinen eifersüchtig gehüteten Gelben Wimmer Fahrplan – den besten, den es in Österreich seit Generationen gab – dem Heinzi vorgelegt. Der nahm ihm den Gelben Wimmer ab und suchte, suchte genau, zuletzt im Stationsverzeichnis, dann auf dem Osttiroler Streckenfahrplan, suchte immer wieder, vergeblich. Kein Arnbach. Weder in Tirol, noch sonst irgendwo, nicht einmal im Burgenland. Am nächsten Tag fuhr Heinzi nach Wiener Neustadt, wo er den Fahrdienstleiter, der mit Heinzis Vater am Wochenende in Bad Fischau immer eine Tarockpartie spielte, aufsuchte und ihn um Hilfe bat. „Des wer´n ma gleich haben", meinte dieser und sah in den internen Streckenlisten nach, wo selbst aufgelassene Stationen und sogar Haltestellen verzeichnet waren. „Das ist selbstverständlich vertraulich und reservat!" ermahnte er den Heinzi mit erhobenem Zeigefinger. Dieser versprach Diskretion. Aber leider – wieder nix. Es gab, fix noch einmal!, gar kein Arnbach. Zumindest nicht in Österreich. Heinzi war fertig, gebrochen. Denn wenn das Arnbach etwa im Ausland lag, kriegte er keine Ermäßigung und Reisepaß hatte er auch keinen. Mit dem Urlaub war´s „cinque", wer weiß, vielleicht wollte ihn die Erna eh sausen lassen...

Heinzis Grundstimmung war daher düster, als er an seinem nächsten freien Tag nach Wien in die Osterleitengasse kam. „Der Heinzi hat an Gizzi, hat an Kral, von da Zechn bis zum Maul", versuchte mir Erna die seelische Verfassung ihres Bräutigams auszudeutschen. Sie ließ den Kopf hängen, ich bauschte die Angelegenheit noch auf, indem ich zu heulen anfing, mein großer Bruder Otto grinste eher hämisch und machte sich mit seinem prächtigen Puch-Silberrad zum Vaterländischen Radfahrkorps aus dem Staub. Nur Mama behielt die Nerven. Sie rief Papa in der Redaktion an und berichtete ihm über Heinzis Nullrunde in Sachen Arnbach. Eine Stunde später war Papa zu Hause und das Rätsel gelöst:

Es gab doch ein Arnbach. Das Dorf war der letzte Ort im Osttiroler Drautal vor der italienischen Grenze in Richtung Südtirol. Auch den schönen alten Bauern-

fzehn Minuten hielt der Schnellzug (zwecks gemächlichen Umsteigens in Richtung Schneeberg, Aspangbahn und Mattersburg) in Wiener Neustadt, außerdem noch in Bruck an der Mur („Bitte schnell umsteigen! D-Zug nach Graz, Spielfeld, Marburg und Agram fährt sofort von Perron drei ab!") und in Klagenfurt, weil Landeshauptstadt. Und jeder dieser Aufenthalte bot Zeit genug, um sich Würstel einzuverleiben.

Menschen höherer Ordnung hatten in jenen Zeiten nicht nur sämtliche Würstelsorten, sondern auch die bedeutenden Würstelanlaufstationen im Kopf. Ich erinnere mich noch genau, wie Papa und Onkel Ivo einmal lange darüber stritten, ob die Würstel in Wiener Neustadt oder in Gloggnitz besser wären. Papa insistierte, daß der Gloggnitzer Würstelmann unschlagbar sei, und war in dieser Frage auch durch Onkel Ivos versuchten Trick, die Länge der Neustädter Bratwürste als Argument ins Treffen zu führen, nicht zu beeinflussen. Um des lieben Friedens willen war Papa bereit, seinem Schwager zuzugestehen, daß das Puntigamer Bier in Bruck an der Mur doch vielleicht dem Gösser vom Leobener Bahnhof vorzuziehen sei... Würstel aller Sorten und Biere aller Brauereien wurden auf den Perrons feilgeboten. Die Reisenden riefen ihre Wünsche aus den Fenstern und wurden von den weißbekleideten Würstelmännern eilfertig bedient. Zu Schwierigkeiten kam es – auch das gehörte zur Liturgie des Eisenbahnstationswürstelessens – mit dem Wechselgeld. Ob Dinar, Pengö oder Lei – keiner wollte sie statt Groschen nehmen.

Spät am Abend erreichten wir unser Ziel. Zwei Landauer – die Fiaker des ländlichen Raumes – holten uns vom Bahnhof in Sillian ab. Denn – tragikomischer Abschluß der Arnbacher Stationssuchaffäre – in der Haltestelle Weitlanbrunn hielt kaum ein Zug. Auf jeden Fall nicht unser ganz besonderer „Beschleunigter Personenzug mit Waggons der Polsterklassen", in dem wir seit Spittal an der Drau, begleitet von häufigen langen Pfiffen wegen der vielen kurzen Tunnels, unterwegs gewesen waren.

Sommerfrische, Sommerfrische! Heute gibt es Forellen, lange, schlanke Fische aus der noch sehr jugendlichen Drau, die an unserem Bauernhaus vorübersprudelt! Der Bauer, lahmen Fußes – weil gewesener Zugsführer im Kaiserjägerregiment Nummer 2, verwundet am Col di Lana, Große Silberne Tapferkeitsmedaille – hat die Forellen für uns gefangen. Eine Kette von Festtagen! René und Georgio Bojanovich, enge Freunde aus Mamas Kindestagen, kommen aus Triest zu Besuch. Georgio Bojanovich, ein ehemaliger k.u.k. Marineur, ist Direktor beim Lloyd Triestino (dem „Österreichischen Lloyd" vergangener Zeiten). Wir sitzen beim Frühstück. Mama bestreicht krachend-frische Semmeln mit Bauernbutter und Brombeermarmelade, lächelt zu ihrer Freundin aus Triest hinüber: „Beste René, darf ich dir noch eine schmier´n?" Alles lacht und lacht. Die Julie und die Erna unterhalten sich noch wochenlang über den unfreiwilligen Gag der Mama. Wir Buben aber und Papa und Onkel Georgio fiebern dem für diesen Tag angesetzten sensationellen Höhepunkt der heurigen Sommerfrische entgegen.

In Sillian ist für drei Uhr nachmittag die Premiere des Zirkus Mondial angekündigt. Er wird als spanisches Unternehmen aus Barcelona angepriesen, Eisbären, Kamele, ein Elefant, Clowns, Todesspringer und, als größte Sensation, ein Kalb mit zwei Köpfen... Dies alles ist aus großen, seit Wochen überall angeschlagenen Plakaten ersichtlich. Ein Clown, hoch zu Motorrad, mit einem Megaphon, ist auch durch unser Dorf gefahren, um für den Zirkus zu werben. Papa hat ihm Karten – eine ganze Loge! – abgekauft. Alle dürfen mitkommen. Großmama und Tante Amalie gehen zwar lieber in die Konditorei in Sillian Torten essen, wir übrigen aber sind begeistert. Besonders Julie, die dicke Köchin, ist völlig außer sich vor Freude. Es ist der erste Zirkus ihres Lebens.

Die Vorstellung ist ein großer Erfolg gewesen, zumindest aus meiner Sicht. Papa, wie fast alle Familienmitglieder ein Zirkusfan, ist freilich anderer Meinung. Schon beim Eingangstor konnten wir Futter für Ponys kaufen. Der sehr spanisch gewandete und auch sonst sehr iberisch wirkende Direktor eilte herbei, um Papa zu begrüßen. Dieser drückte ihm im besten Französisch seine guten Wünsche aus, der Direktor konnte leider nicht Französisch. Worauf Georgio Bojanovich, unser Triestiner Hausgast, der fließend Spanisch sprach, zu Hilfe eilte. „Buenos dias!" begrüßte er den Direktor. „Buenos dias!" kam es zaghaft zurück. Die weitere spanische Konversation unterblieb, denn der Zirkusdirektor beherrschte sonst kein Wort dieser Sprache. Was man ihm nicht einmal übelnehmen konnte. Der gute Mann stammte nämlich aus Stockerau und die Mehrzahl seines Ensembles aus dem unteren Weinviertel.

Als wir endlich in der Loge Platz genommen hatten und es schon herrlich nach wilden Tieren roch, meinte

Papa, der Elefant und das faszinierende Kalb würden alle bisherigen Enttäuschungen wettmachen, selbst wenn sich herausstellen sollte, daß beide ebenfalls aus der Stockerauer Gegend stammten. Der Direktor, der sich devot an Papas Seite gehalten hatte, erbleichte jäh. „Der Teufel schlaft net, Herr Chef!" jammerte er. „Stellen S´ Ihna vur, der Elefant hat sich an Nagel ein´zogen und is´ im Tierspital in Villach. Und unser liebes Kalbl, des Bambi, ma mecht´s net glauben, Herr Chef, es is uns heut in der Früh ein´gangen, des Bambi. War so ein herziges Viecherl mit die zwa Kopferln!"

Papa hatte die Nase voll und wäre am liebsten gegangen, aber dann sah er uns Buben und die dicke Julie mit ihren glänzenden, glücklichen Augen, und wir durften bis zum Schluß bleiben. Die Kamele waren toll, der Eisbär war zwar nur ein Seehund, aber er watschelte furchtbar lieb durch die Manege. Wir applaudierten begeistert. Noch am Abend in unseren Bauernbetten schwärmten wir vom großen Zirkus Mondial. Die Drau rauschte leise, und der wiedergenesene Elefant huschte herein und zog uns behutsam das Traumtüchlein über die Bubenköpfe.

Sommerfrische. Die Tage waren endlos, die Zeit stand still.

Zweite Geschichte

DA SASSEN SIE WADEL AN WADEL

Der Wirkliche, vortragende Hofrat im Amt der Niederösterreichischen Landesregierung, Dr. jur. Leopold Blockensteiner, kam aus dem Zimmer des Landeshauptmannes, seines obersten Chefs, wo eben die montägliche Postsitzung zu Ende gegangen war. Blockensteiner, der seinen Beruf ebenso liebte wie die kleine, wohlgepflegte und korrekt eingeteilte Welt, in der sich sein Arbeitsleben vollzog, war heute, an einem Montag im Sommer des Jahres 1931, besonders gut aufgelegt. Die Postsitzung war klaglos abgewickelt worden, wie immer, wenn die federführenden Spitzenbeamten allein mit dem Landeschef die wichtigen anfallenden Fragen des Landes unter der Enns behandeln konnten, im kleinen Kreis vertrauter Gesichter, ohne Politiker, ohne Landesräte, ohne Landtagsabgeordnete oder sonstige Funktionäre verschiedener Couleurs, denen die um Distanz zur Tagespolitik bemühten Beamten des gehobenen Dienstes mit großer Zurückhaltung begegneten.

Blockensteiner war übrigens persönlich davon überzeugt, daß sein verehrter Chef, Landeshauptmann Josef Reither, selbstverständlich ohne daß jemals ein Wort über dieses Thema gewechselt wurde, genauso über die allerorts mit viel Wichtigtuerei herumwieselnden Parteifunktionäre dachte wie seine hohen Beamten. Reither selbst stand außer jeder Diskussion. Er war nicht irgendein Politiker. Bauer war er der Herkunft nach, aus Langenrohr bei Tulln, jener fruchtbaren Gegend Niederösterreichs zwischen Wienerwald und Erlauf, in der immer wieder die Landeshauptleute, manchmal sogar die Bundeskanzler gemacht wurden. Für seine niederösterreichischen Bauern, die in der Zeit zwischen den Kriegen noch eine breite Mehrheit der Bevölkerung des Landes bildeten, war er bald ein Landesvater, später, nach sieben schweren Jahren in den KZs des Dritten Reiches, wurde er ehrfürchtig als „König von Niederösterreich" bezeichnet. Reither genoß aber auch das Vertrauen des Bürgertums in den Städten des Landes und der sozialdemokratischen Arbeiterschaft in den Industriegebieten. Er versuchte immer wieder, zwischen den verhärteten Fronten der „Schwarzen" und der „Roten" zu vermitteln. Für diesen Landeshauptmann würde das Corps der Hofräte stets durchs Feuer gehen, auf das Rudel der ehrgeizigen Politsekretäre konnten sie allerdings verzichten.

Der Hofrat war wieder in seinem im Biedermeierstil eingerichteten Büro im zweiten Stockwerk des Gebäudes der Niederösterreichischen Landesregierung (bis 1918 Statthalterei, kurz „Starei" genannt) in der Wiener Herrengasse angelangt. Er holte sich eine Memphis-Zigarette aus der silbernen Dose, die er von seinem Vater, seinerseits langjähriger Bezirkshauptmann in Waidhofen an der Ybbs, zur Promotion erhalten hatte, zündete sie genüßlich an und wartete auf den Mokka, den ihm der Amtsdiener Jablonsky stets pünktlich an jedem der sechs Werktage, also auch heute, Punkt elf Uhr bringen würde. Er dachte, wie in den letzten Wochen in seinen freien Stunden fast immer, an das geplante Jubiläumsfest in Scheibbs. Am einfachsten wäre es wohl, wenn der Kari Ladomirsky – wozu sitzt er sonst als Präsidialist im Kabinett des Außenministers? – erreichen könnte, daß man den am Matzleinsdorfer Frachtbahnhof abgestellten und vor sich hin verstaubenden ehemaligen Hofzug, eine etwas rostige und mottenzerfressene, aber immer noch eindrucksvolle Salonwagengarnitur aus der Zeit der Jahrhundertwende, zum Einsatz brachte.

Dieser Hofzug a. D. sollte also gut drei Jahrzehnte nach der Premiere im Dienste Seiner Majestät für den Transport der Gäste von Wien nach Kienberg-Gaming, dann zurück bis Scheibbs und von da wieder retour nach Wien verwendet werden. In Kienberg könnten die Festgäste, bereits durch ein kleines Frühstück im Speisewagen gestärkt, nach Gaming hinaufwandern, um dort auf dem Gelände der alten, zerfallenden Kartause an der vorgesehenen Feldmesse teilzunehmen. Anschließend Fahrt nach Scheibbs zum Festmahl, dem ein Tanzfest folgen sollte. In Scheibbs würde man unter schon sichergestellter Assistenz der Herren von der lokalen Bezirkshauptmannschaft die Gäste auf die ausgesuchten besten Gasthäuser zwecks hochqualifizierter Nahrungs- und Getränkeaufnahme verteilen. Blockensteiner schlürfte zufrieden seinen Mokka – die Jubiläumsplanung nahm Gestalt an. Der Landeshäuptling hatte seine Teilnahme fest zugesagt, auf den Bundeskanzler – in diesem Jahr bereitete sich eben der Wechsel vom neunzehnten auf den zwanzigsten Nachkriegskanzler vor – würde man ohne allzu viele Tränen auch zu verzichten wissen. Der Anlaß des Festes war die 25. Wiederkehr jenes feierlichen und wohl im Leben aller Beteiligten unvergeßlichen Tages, an dem der alte Kaiser im Sommer 1906 einen ungewöhnlichen Empfang zu geben geruhte. Also, Seiner Majestät und dessen Entourage – überlegte der Poldi Blockensteiner –, die täglich solche Veranstaltungen absolvieren mußten und daher wahrscheinlich von solchen schon schrecklich fadisiert waren, würde dieser Tag damals vielleicht gar nicht so besonders in Erinnerung geblieben sein. Aber die, um die es damals eigentlich ging, jene 45 jungen Leute, die, von den Universitäten kommend, auch noch die zusätzlichen Prüfungen und Probejahre zur Aufnahme in den Staatsdienst erfolgreich absolviert hatten und nun als frischgebackene Konzeptbeamte am Beginn ihrer wirklichen Karriere standen, für die war der Tag sicher ganz unvergeßlich gewesen. Die Statthalterei des „Erzherzogtums Österreich unter der Enns" würde ihr Arbeitgeber sein. So hatte dazumal Niederösterreich noch offiziell geheißen, und die kaiserlichen Statthalter – Vorgänger des heutigen Landeshauptmannes – waren übrigens bis 1918 für Niederösterreich einschließlich der Reichs-, Haupt- und Residenzstadt Wien zuständig gewesen.

Der damalige Statthalter, Erich Graf Kielmansegg, hatte es durch emsiges Intervenieren beim allmächtigen Obersthofmeister Seiner Majestät, Alfred Fürst Montenuovo, fertiggebracht, zu diesem Anlaß eine Sonderaudienz bei Kaiser Franz Joseph I., ausnahmsweise nicht in Schönbrunn, wo es sehr förmlich und ganz nach spanischem Hofzeremoniell zuging, sondern im traumhaften, mitten in Niederösterreich gelegenen kaiserlichen Lustschloß Laxenburg zu erreichen. Diese Audienz fand in Anbetracht des strahlenden Wetters im Park des Schlosses statt. Die frischgebackenen Beamten in ihren neu geschneiderten Beamtenuniformen, die bei festlichen Anlässen damals noch getragen wurden, hatten die unglaubliche Ehre – von der Extrawurst eines Empfanges im besonderen Rahmen von Laxenburg ganz zu schweigen –, vom Statthalter der Kaiserlichen Majestät persönlich vorgestellt zu werden. Der Kaiser, eben von den in jenem Jahr erst spät angesetzten Frühjahrsmanövern in Krain und anschließenden ausgiebigen Rehbockjagden im Gebiet der Saualpe zurückgekehrt, war offensichtlich in guter Stimmung, besonders jovial und unterhielt sich huldvoll mit seinen jüngsten Beamten.

Nach der feierlichen Audienz bei Seiner Kaiserlichen und Königlichen Majestät lud sodann Graf Kielmansegg die ebenso schwitzenden (31 Grad im Schatten) wie strahlenden jungen Herren zu einem ausgiebigen Festmahl in das benachbarte Laxenburger Schloßgasthaus ein. Dort wurde es bald etwas eng, da es sich neben den bereits angeführten Novizen auch eine erhebliche Zahl von Hofräten der Starei sowie etliche Bezirkshauptleute aus allen Teilen Niederösterreichs nicht hatten nehmen lassen, die seltene Chance einer kaiserlichen Audienz wahrzunehmen und sich dabei prüfend den Nachwuchs anzusehen. Den einen oder anderen der eben flügge gewordenen Springer würde man ja sicher im eigenen Amtsbereich brauchen können. Das führte bald dazu, daß sich 80 oder gar 100 Herren einschließlich der Begleitung des Statthalters und etlicher zurückgebliebener durstiger

Generale, Adjutanten und sonstiger Hofschranzen aus der Entourage des Kaisers, der mit dem Fürsten Montenuovo und seinem Ersten Flügeladjutanten, Egon Prinz zu Guttenstein-Guttenstein, nach Wien zurückgekehrt war, dem munteren Treiben zugesellten. Für so viele zum Teil nicht ganz unvoluminöse Gäste waren die Stuben des Gasthauses in Laxenburg nicht eingerichtet, und so entstand ein gar fröhliches Gedränge auf den Bänken der langen Gasttische. Man saß buchstäblich hautnah, Wadel an Wadel sozusagen. Alle langten bei den aufgetragenen Köstlichkeiten kräftig zu, der Statthalter hatte sich weder bei Speis´ noch bei Trank lumpen lassen. Dazu spielte im Hof die vom Kommandanten des nicht weit entfernten „Brucker Lagers", des berühmten Truppensammelplatzes der alten Armee in Bruck an der Leitha, beigestellte Militärmusikkapelle aufmunternde Märsche. In der Hitze des fröhlichen Freß- und Trinkgelages kam es zur Verbrüderung zweier sich in untertänigster Verbundenheit mit ihrem Kaiser, mit Österreich und damit dem gemeinsamen Ziel des Dienstes gefunden habenden Beamtengenerationen. Sie führte zu einer geradezu euphorischen Stimmung hinsichtlich einer erwartungsfrohen Zukunft des großen alten Reiches, eines Reiches, das für die Anwesenden so ewiglich gezimmert schien, daß eine Welt und ein Leben ohne den Glanz, aber auch den Halt der Doppelmonarchie fast unvorstellbar erscheinen mußte.

Zwölf Jahre später war alles vorbei und zerstört. Aber wer sollte das beim Laxenburger Schloßwirt im Sommer 1906 auch nur erahnt haben können. Darum war es eben auch Freude an der Gemeinsamkeit,

Frohsinn und ein bisserl Trunkenheit, die diesen Abend kennzeichneten und daraus auch einen kleinen Spruch entstehen ließen, der schnell die Runde unter der schon sehr fröhlichen Schar machte:

Da sitzen sie Wadel an Wadel,
Ob bürgerlich oder von Adel,
Die Herren von der Statthalterei.

Sie sitzen und träumen, ob alt oder jung,
Von der nächsten Dienstrangbeförderung,
Die Herren von der Statthalterei.

Sie sitzen und dienen dem Kaiser, dem Land,
Festen Halt gibt stets der Beamtenstand
Den Herren von der Statthalterei.

Der Kapellmeister der Militärmusikkapelle fand Gefallen an dem Vers und ließ sich dazu ein paar Takte einfallen. Die Musik spielte erneut auf, und bald sangen sie alle, ob Hofräte oder junge, frisch eingefangene Adjunkten, in ausgelassener Stimmung, manchmal den falschen Ton erwischend, aber mit dem klar spürbaren Korpsgeist einer nicht erst seit dem selben Tage, sondern schon eh und je zusammengehörigen Gemeinschaft hinauf zu den Sternen über Laxenburg: „Hier sitzen wir Wadel an Wadel, ob bürgerlich oder von Adel, wir Herren von der Statthalterei."

Leopold Blockensteiner erinnerte sich an diesen Abend vor 25 Jahren ganz genau. Er hatte damals ebenso begeistert wie falsch, weil leider völlig unmusikalisch, mitgesungen. Zum Abschluß des Festes war er dann noch mit seinen engsten Freunden Peter Nadolnigg und Fritz Edlinger, beides Studienkollegen von der juridischen Fakultät in Wien, durch die sternensprinkelnde Sommernacht spaziert, der vom Schloß Laxenburg zur Bahnstation führenden Allee folgend. Sie entwickelten Zukunftsträume: Würde es einer von ihnen zum Bezirkshauptmann bringen, etwa gar in einer der vielumworbenen „BH-Perlen" wie Baden, Krems, Scheibbs oder St. Pölten? Man konnte natürlich auch hoffen, im Zentrum der Macht, in der Starei selbst, eine Position zu erklimmen. Vielleicht sogar, viel später, am Ende der Karriere, einmal Statthalter oder gar Innenminister zu werden. Da hatte Peter Nadolnigg, Freiherr von Desenciano (sein Großvater war in einem der vielen italienischen Feldzüge nach einem siegreichen Gefecht mit dem Maria-Theresien-Orden ausgezeichnet und in den erblichen Freiherrnstand erhoben worden), als Adeliger immer noch eindeutig die besten Chancen, obwohl schon seit einigen Jahren zunehmend auch Bürgerliche in Spitzenpositionen einrückten, um dann eventuell später den Adelstitel nachgeliefert zu bekommen. Auch der Kaiser hatte es ja heute in Laxenburg ungefähr so gesagt: Egal welchen Standes, welcher Nationalität oder welcher Konfession, die jungen Herren hätten die ehrenvolle Pflicht, für dieses unser gemeinsames altehrwürdiges Reich das Beste zu geben. Nur Charakter, Wissen und Leistung sollten den beruflichen Lebensweg entscheiden.

Na ja, schön wär´s, dachten sich die drei nächtlichen Wanderer, wir sind jung, und vor uns liegt die Zukunft. Noch immer beschwingt und froh, nahmen sie den letzten Zug von Laxenburg nach Wien Südbahnhof, hoffend, in dieses schönen Landes Zukunft vielleicht eine Rolle spielen zu können. Zwölf Jahre später war Leopold Blockensteiner als einziger von dem frohen Laxenburger Trio übriggeblieben. Nadolnigg war schon 1914 in Galizien gefallen, Edlinger 1915 in den Dolomiten. Blockensteiner selbst hatte Glück gehabt und wurde in Montenegro Anfang 1916 schwer verwundet – trotzdem ein „Tausendguldenschuß", weil sodann frontuntauglich. Er trat am 1. Jänner 1917 wieder seinen Dienst in der Statthalterei an. Durfte also überleben. Wie hatte er sich das verdient? Warum gerade er? Und wofür? Diese Fragen hatte der Poldi B. sich damals oft gestellt. Damals – vor allem in den langen Nächten im Lazarett von Mostar, wohin ihn ein Verwundetenzug der schmalspurigen bosnischen k.u.k. Landesbahnen nach seinem Schulterdurchschuß am Lovcen oberhalb Cattaro gebracht hatte – gingen ihm solche Ideen durch den Kopf. Er tadelte sich sofort selbst für seine absurden Gedanken.

Natürlich hatte er weiterzuleben, für seine liebe Frau, die Medizinertochter Helene aus Krems, für seine zwei kleinen Kinder Hans und Kathrin – ein drittes war kurz nach der Geburt an Keuchhusten gestorben – und weiterzuleben auch für seine Eltern. Sein einziger Bruder war in einem russischen Kriegsgefangenenlager von einer Typhusepidemie dahingerafft worden. Schließlich hatte er auch für sein Land und seinen Dienst an diesem weiterzuleben. Er brauchte bloß an den Tag von Laxenburg zu denken, an den verstorbenen Kaiser, an seine Freunde und an ihre gemeinsamen Träume. Manchmal hatte er im grauen und hungernden Wien des vierten Kriegsjahres Angst um das Land selbst, um das unendlich große alte Reich, das er gerade erst im Krieg, zuerst in den Karpathen und in Galizien, dann in Bosnien, der Herzegowina und schließlich in Istrien, wo man ihn in einem Erholungsheim bei Lovrana zur völligen Ausheilung untergebracht hatte, in seiner Vielfalt und Weite richtig lieben gelernt hatte.

Er saß an seinem Schreibtisch in einem Hinterkammerl in der Landhausgasse beim Minoritenplatz und erledigte Akten, die sich kriegsbedingt mit Angelegenheiten von eingerückten Bürgern befaßten, immer öfter leider auch mit der Hinterlassenschaft gefallener Soldaten, die ja wiederum nichts anderes als Väter, Söhne, sehr oft ganz junge Ehemänner gewesen waren. Gewöhnlich bestand diese Hinterlassenschaft weniger aus materiellen Werten als aus einem Häuflein weinender, verzweifelter Angehöriger, zu denen Leopold Blockensteiner, wie er voll Schreck feststellen mußte, durch die dicken, engbeschriebenen Aktenbögen auch keinen wirklichen Zugang mehr fand.

Dann das Ende, eigentlich kaum merklich. Völlig ohne Revolution war das große Reich abhanden gekommen. Just an dem Tag, als in Wien die Republik ausgerufen wurde, war Helene zu bäuerlichen Verwandten ihrer Mutter nach Hollabrunn gefahren und kam mit Gemüse, Kartoffeln und, dank der Güte der dortigen Tante, mit einem ganzen Gansel nach Hause. Am Abend tauchte dann unter strahlenden Kinderblicken auch noch eine Mohntorte aus dem Hollabrunner Korb auf. Poldi lächelte seiner Helene zu und dachte: Jetzt feiern wir fast, als ob wir den Krieg gewonnen hätten. Am nächsten Tag kam dann der Ukas. Die Bilder von Kaiser Karl sollten von den Wänden weg. Ersatz wurde keiner geliefert, man hätte wohl auch kaum gewußt, wen man da jetzt an die Wand hängen sollte.

Erst zwanzig Jahre später sollte sich mit im wahrsten Sinn des Wortes zwingender Logik ein Muß-Kandidat fürs Aufhängen (an der Wand) ergeben: Hitler, der Führer aus Braunau, hat sich allerdings mit seinen nur sieben von tausend angekündigten Jahren auch nicht so gut gehalten. Der alte Kaiser Franz Joseph hing fast genau zehn mal so lang in den Amtsstuben als der „Führer". Aber das alles würde Blockensteiner erst fünfundzwanzig oder mehr Jahre später durch den Kopf gehen.Vielleicht dann, als er im Jahr 1945 nach der erzwungenen siebenjährigen Dispensierung wegen mangelnder Liebe zum Dritten Reich, nun schon bald pensionsreif, wieder in die Landesregierung eintreten durfte.

Nach 1918 lief die Zeit im niederösterreichischen Regierungsgebäude in der Herrengasse nicht anders ab als vorher unter dem Kaiser. Leopold Blockensteiner war ein hervorragender Beamter, avancierte schnell und wurde schon 1930 nach nur 24jähriger Amtszeit auf Vorschlag des Landesamtsdirektors zum Wirklichen und bald auch zum vortragenden Hofrat bestellt. Und da ist ihm doch, kaum ein Jahr später, einfach bei einem Tratsch im Café Herrenhof, wo damals normalerweise eher Dichter als Beamte verkehrten, die Idee mit dem Laxenburger Jubiläum gekommen. Es war nach einer Sitzung der Disziplinar-Oberkommission (bekanntlich immer eine unvergnügliche

Sache), als der Hofrat Sluka von der Stromaufsicht und Wildbachverbauung den Mokka im besagten „Herrenhof" vorschlug. Plötzlich sagte der Kollege, daß es jetzt auch bald schon ein Vierteljahrhundert her sei, daß sie in Laxenburg ihren Einstand gefeiert hätten. Ja, natürlich, der Sluka war ja damals auch mit von der Partie gewesen! Hierauf hatten sich also die beiden Hofräte auf einer Papierserviette die Namen von Anno dazumal, und wer davon den Krieg überstanden hätte, aufgeschrieben.

Ganze 31 Herren von den 46 jungen Starei-Adepten des Einstandsjahrgangs 1906 lebten noch, der Rest war gefallen, in der Gefangenschaft umgekommen oder nach dem Krieg verhungert. Nicht alle waren wieder in der Landesregierung untergekommen, drei waren hinüber in den Bundesdienst übersiedelt, einer saß sogar im Parlament., einen hatte es in die Industrie verschlagen, aber fast alle waren noch greifbar. Mit Ausnahme vom Hansi Kawerna-Ehrenwall – die Adelstitel waren ja mittlerweile abgeschafft worden –, der jetzt als österreichischer Geschäftsträger, bald wohl schon Gesandter, in irgendeiner Balkanhauptstadt, von denen es nun wirklich genügend gab, tätig war. Würden also 30 Herren übrigbleiben für das Fest, knapp zwei Drittel der ursprünglichen Mannschaft. „Scheißkrieg!" meinten Sluka und Blockensteiner übereinstimmend, wenn auch unpassend für Beamte des höheren Landesdienstes. Sie rechneten sich dann aus, daß mit den Damen – denn die Ehefrauen konnte man von so einem Fest, noch dazu an einem freien Sonntag, unmöglich ausschließen – so circa 50 Personen zusammenkämen. Ferner plus/minus zehn Personen Landeshauptmann inklusive Gefolge sowie der Scheibbser Bezirkshauptmann, der dortige Bürgermeister, der Dechant, weil er ja die Feldmesse liest. Ergäbe insgesamt an die 70 Leute, falls sie alle kommen sollten. Aber nachdem dann Blockensteiner mit Slukas tatkräftiger Unterstützung alle Details der geplanten Veranstaltung durchüberlegt hatte, kam er zum Schluß, daß nicht viele sich so ein Gustostückerl von einem Jubiläum entgehen lassen würden.

Ja, so war´s dann auch, und natürlich, wie es sich in Erinnerung an Seine Majestät gehört, bei Kaiserwetter. Der alte Hofzug ratterte ein bißchen, aber die Mottenlöcher der Polstersitze waren geschickt überdeckt. (Glücklicherweise hatte man im letzten Moment auch noch daran gedacht, den Generaldirektor der Bundesbahn einzuladen). Im Speisewagen wurden Kaffee und Kipferln serviert. Die Feldmesse war wunderschön, sogar zwei distinguierte Nachbarn, der Baron Rothschild von seinem Jagdhaus und ein Graf Seefried, Enkel des alten Kaisers, von seinem Schloß im Tal der kleinen Erlauf waren erschienen. Die Kapelle des niederösterreichischen Landesgendarmeriekommandos hatte sich für diese im Alltag der eher grauen und trostlosen republikanischen Verhältnisse doch eher ausgefallene Gelegenheit besonders gut vorbereitet und spielte bei der Messe ganz zart und dafür dann beim Fest in Scheibbs sehr lautstark auf.

So herrschte denn am Nachmittag an den schön gedeckten Tischen, die in den zu diesem Zweck verkehrsbefreiten (es war allerdings nicht allzuviel Verkehr fernzuhalten damals, 1931) Gasserln des Scheibbser Stadtkerns aufgestellt waren, eine Mischung aus Festtagsfreude, etwas Nostalgie und einem Alzerl liebenswerter Trunkenheit. Da stand der Hofrat Dr. Leopold Blockensteiner auf, die Festreden waren längst gehalten, schritt hinüber und flüsterte dem Landeshauptmann ein paar Worte ins Ohr. Dieser nickte kräftig, und Blockensteiner unterhielt sich kurz mit dem Gendarmerie-Kapellmeister. Ein paar Minuten später hob die Musik leise an, mit einer alten vergessenen Melodie. Die jubilierenden Herren aber horchten auf, sahen das Zeichen, das der Blockensteiner ihnen mit einem großen weißen Taschentuch gab, begriffen plötzlich, was er meinte, und stimmten zunehmend hörbar ihr altes Lied von der Laxenburger Kaiseraudienz vor 25 Jahren an:

Da sitzen wir Wadel an Wadel,
Ob bürgerlich oder von Adel,
Wir Herren von der Statthalterei!

Dritte Geschichte

ALLE MEINL HEISSEN JULIUS

Frau Kommerzialrat Ida Prskawetz hatte ihre Einkäufe in der Meinl-Filiale in Dornbach beendet und ihre Rechnung, auf den Groschen genau vorabgezählt, an der Kassa beglichen. Nun war zum Abschluß des wöchentlichen Geschäftsbesuches, wie schon seit eh und je, der Moment gekommen, mit dem Herrn Filialleiter ein paar nette Worte zu wechseln. Damit verbunden waren ebenso selbstverständlich einige höchst korrekte Komplimente, das Aussehen der Frau Kommerzialrat betreffend, und zwei Mokka-Zuckerln für den sie begleitenden Sohn Alfi.

„Also, Gnädigste schauen heute wieder ganz hervorragend aus, genauso wie die Wessely in dem neuen Film 'Maskerade'. Leider spielen sie ihn derweil noch exklusiv in der Stadt. Bei dem Erfolg können ja zwei bis drei Monate vergehen, bis der Film in die Vorstädte innerhalb des Gürtels kommt. Wir können dann heraußen in den äußeren Bezirken noch einmal zwei Monate warten. Allerdings", fügte der Filialleiter verschmitzt hinzu, „bei uns heraußen kost´ eine Kinokarte nicht einmal die Hälfte vom Preis in der Inneren Stadt."

Ida Prskawetz, die noch an den Wessely-Vergleich dachte, lächelte geschmeichelt. Sie erwähnte nicht ganz absichtslos, daß ihr „lieber Leo" sie in der Tat noch am selben Abend mit der „Wanderer-Limousine“ ins Imperial-Kino in der Stadt führen würde, wo „Maskerade“ seit der Premiere lief. Der Herr Kommerzialrat Leo Prskawetz war dem Personal der Dornbacher Meinl-Filiale als in der Gurken- und Paprika-Importbranche längst arrivierter Kaufmann wie auch als Träger des nun von Frau Ida selbstverständlich im Subabonnement mitbenützten Kommerzialratstitels bestens bekannt. „Hat sich der Herr Gemahl also doch nicht für den neuen Hispano-Suiza entschließen können?“ fragte Filialleiter Wallner beflissen. In dem der Firma Meinl eigenen „Fortbildungsinstitut für Mitarbeiter“ im Schnellrechnen wie auch in der Kundenbetreuung geschult, überlegte Wallner im Hinterkopf blitzartig, wieviele Zehntausend 35 Groschen kostende Straßenfahrscheine er wohl in wieviel Jahren erwerben müsse, um sich so ein Prachtauto („Alles Handarbeit“ stand auf den ganzseitigen Hispano-Suiza-Inseraten im „Wiener Illustrierten Salonblatt“) kaufen zu können.

„Mein Mann ist in solchen Sachen sehr konservativ, besonders was Autos oder auch seine Traber in der Krieau betrifft. Die Wanderer Sport-Limousine kennt er schon gut und weiß genau, die macht den Semmering und, wenn´s sein muß, auch die Pack anstandslos und ohne daß der Motor gleich zu kochen anfangt. Da muß ich mir halt den Hispano für heuer aus dem Kopf schlagen. Vielleicht kann ich meinen Gatten nächstes Jahr überreden, da wollen wir mit den Kotanys über München und Paris nach Dover fahren – Sie wissen eh, dort wo die Felsen sind. Auf einen Badeurlaub im Norden. Auf der ganzen, langen Strecke gibt's keine steilen Bergrouten und keine Pässe, da müßte sich der Leo doch zu einem Markenwechsel überreden lassen."

Herr Wallner, etwas verwirrt durch die ihm völlig unbekannte Motorentücke auf Bergstraßen, lächelte höflich zustimmend, während er der Frau Kommerzialrat samt Sprößling die Tür öffnete. „Solange Sie nur unserer Meinl-Marke treu bleiben ..."

Ida Prskawetz lachte Wallner an. „Aber Herr Filialleiter, wo sollten wir denn hingehen, wenn wir nicht den Meinl hätten, vielleicht zum Kunz, oder gar zum Konsumverein? Nein, ich bitt´ Sie, Herr Wallner, da brauchen Sie sich keine Sorgen machen." Sprach´s und verließ das Geschäft mit Alfi, der eben dabei war, den etwas klebrigen Rest des Mokka-Zuckerls in Mamas Handtasche zu deponieren.

Ein befriedigter Herr Wallner blieb zurück. Kunden, die Meinl-Qualität zu schätzen wußten, verschafften ihm immer ein spezielles Glücksgefühl.

Es waren nur ein paar Schritte zur Straßenbahnstation, aber die Tram war gerade abgefahren. Alfi hatte daher jede Menge Zeit, Fragen zu stellen: „Mama, fahren wir heuer wieder an den Lido, von wegen Semmering und Pack-Sattel?" Die Mutter verneinte, verwies auf die nun, Anfang der dreißiger Jahre, nach dem Zusammenbruch der Bodenkreditanstalt und der dann notwendigen Sanierung der angeschlagenen Creditanstalt, leider einem Höhepunkt zustrebende Wirtschaftskrise. Die allgemeine Pleite wirke sich, so erklärte Frau Prskawetz ihrem Sohn, leider auch auf den Gurken- und Paprika-Import aus und mache spürbare Einschränkungen auch im eigenen Hause notwendig. Deswegen würde man heuer nicht auf den Lido bei Venedig, sondern nach Krumpendorf am Wörthersee („eh noch teuer genug") fahren. Der kleine Alfi, schon recht altklug, erinnerte sich sofort an einen Witz, den sein Vater dem Onkel Harry kürzlich erzählt hatte: „Kennst du einen Satz mit Wörthersee?" Onkel Harry hatte verneint. „Werd er se oder werd er se nicht?", hatte Papa grinsend gesagt, und Onkel Harry hatte sich vor Lachen zerkugelt. Alfi hingegen hatte überhaupt nicht verstanden, was daran komisch sein konnte.

In der Zwischenzeit fuhr Mama fort, die Krisenlage zu erörtern, und stellte fest, daß man nächstes Jahr wohl auch nicht nach Dover fahren werde, wo das Wasser ohnedies kalt und die Felsen fad seien. Außerdem habe sie gehört, daß es dort nur so von Haifischen wimmle, die wegen der Krise auch unterernährt seien und sich daher auf jeden Touristen stürzten. Alfi – in materiellen und lebensentscheidenden Fragen lang nicht mehr so kindisch, wie seine Mutter annahm – bockte auf: „Also dann fahren wir nächstes Jahr schon wieder in das verregnete Salzkammergut nach Goisern?" Jetzt wurde auch die Frau Kommerzialrat wegen des aufmüpfigen Sohnes ärgerlich und überlegte, ob sie ihm nicht eine kräftige Detschen verabreichen solle, um die Autoritätsverhältnisse wieder ins rechte Lot zu bringen.

Glücklicherweise für Alfi kam in diesem Moment die Tramway, und Mama samt Sohn nahmen für die lange Fahrt von Dornbach zum Schottentor im Wageninneren Platz. Von der Endstation am Ring wollte man zu Fuß in die Innere Stadt vorstoßen. Alfi, der noch immer durch den zu erwartenden Zwangsverzicht auf den Sandstrand und auf die vielen Gelati am venezianischen Lido leicht sauer war, warf durch das Straßenbahnfenster einen elegischen Blick zurück auf das Meinl-Geschäft, wo es wenigstens Mokka-Zukkerln gegeben hatte. Unübersehbar stand da „Julius Meinl“ auf dem glänzenden Portal. Alfi vergaß mit einem Mal Lido, Krumpendorf und Goisern.

„Mama, alle Meinl heißen Julius! Das ist doch komisch!“ Die Mama war erleichtert, von der ihr peinlichen Rückstufungsdiskussion der Urlaubsorte wegzukommen, und erklärte ihrem Alfi, daß das gar nicht komisch, sondern ganz natürlich sei. Es gäbe ja auch viele Bäckergeschäfte, die Hammerbrot hießen, und niemand fände dies sonderbar. Alfi indes wies, seinerseits nicht ganz unberechtigt, darauf hin, daß die Bezeichnung „Hammer“ oder auch „Anker“ bei einer anderen Großbäckerei nichts mit Vor- oder Zunamen zu tun habe. Wenn man aber in Wien herumwandere, finde man viele Müller-, Schmidt- oder Mayer-Geschäfte. Weder die Müllers noch die Schmidts, ganz zu schweigen von den unzähligen Mayers – egal, ob mit y oder i – kämen aber jemals auf die Idee, sich mit einem Julius zu schmücken. Daher finde er, Alfi, es nach wie vor komisch, sehr komisch sogar, daß alle Meinl Julius hießen.

Die Mutter versuchte noch einmal, ihrem Sohn die Sache gütlich zu erklären. Alle Meinl-Geschäfte würden von einem gewissen Julius Meinl betrieben, und daher ergäbe sich der Name von selbst. Prskawetz junior aber blieb unbeirrbar auf seinem Standpunkt: „Das stimmt nicht, Mama, daß dieser Herr Julius

Meinl alle Meinl-Läden betreibt. Und du weißt es auch ganz genau." Denn das Dornbacher Meinl-Geschäft werde von Herrn Wallner betrieben – ob der wohl auch Julius heiße, fügte Alfi spitzig hinzu. Frau Prskawetz wußte weder, wie Herr Wallner mit Vornamen hieß, noch, was sie ihrem Sohn eigentlich entgegnen solle, als die Straßenbahn glücklicherweise bei einem Feinkost-Geschäft mit der Aufschrift „Brüder Kunz" vorbeifuhr. „Schau!" rief die erleichterte Ida ihrem Sohn zu. „In diesem Geschäft gibt es fast dieselben Waren wie beim Meinl, und doch heißt es anders."

Alfi hingegen war durch die Tatsache, daß die in Wien ebenfalls sehr verbreiteten Kunz-Läden nicht Julius hießen, keineswegs zu überzeugen. „Mama", meinte er, „das wäre doch ganz verrückt. Auf diesen Geschäften steht 'Brüder Kunz'. Wenn die Julius hießen, müßte da wohl stehen: 'Julius Kunz und Brüder'. Oder, was noch verwirrender wäre", schnarrte Alfi weiter, „wenn etwa alle zwei, drei oder mehr Brüder Kunz denselben Vornamen wie der Meinl, also Julius, hätten, dann müßten sie auf ihre Geschäfte 'Julius, Julius, Julius und Julius Kunz' schreiben. Das würde kein Mensch verstehen, und es ginge auch auf keine Geschäftstafel drauf."

Frau Prskawetz hielt sich ob dieses Unsinns die Ohren zu und hatte schon fast Tränen der Verzweiflung in den Augen. „Hör sofort auf mit diesem Blödsinn. Du bist ein störrischer Aff'. Ich habe dir schon oft genug gesagt, daß keineswegs alle Meinl in Österreich Julius heißen, sondern nur alle Meinl-Geschäfte – weil, ja weil das eben so ist." Mit den Läden der Brüder Kunz habe das gar nichts zu tun, die könnten um Gottes Willen heißen, wie sie wollten. Ida Prskawetz hatte vor Aufregung mit erhobener Stimme gesprochen und dabei vergessen, daß eine solcher Art erhobene Stimme nicht ganz mit der gesellschaftlichen Stellung und Verantwortung einer Frau Kommerzialrat in Einklang zu bringen war. Alfi hingegen fand dies einen köstlichen Anlaß, um seinerseits zurückzuschreien, daß Mama also jetzt endlich zugebe, die Brüder Kunz könnten heißen wie sie wollten, also wohl auch Julius. Die Folgen allerdings, wenn jetzt alle Kunze sich Julius nannten, wären wohl unabsehbar, besonders dann, wenn die Meinls künftig justament nur noch als Brüder auftreten würden.

Ein neben dem aufgeregten Prskawetz-Paar sitzender Herr, der mit zunehmendem Interesse der temperamentvollen Diskussion auf der Fahrt quer durch Dornbach, Hernals und den Alsergrund bis zur Votivkirche gelauscht hatte, erhob sich zu einer kurzen Verbeugung vor Frau Prskawetz: „Meine Dame, ich finde diese Vorstellung großartig, besonders weil es Ihnen gelungen ist, dem Buben hier die richtigen Stichworte beizubringen. Gestatten Sie mir nur eine Frage: Werben Sie hier für Julius Meinl oder für die Brüder Kunz? Oder gar, was der Höhepunkt der Geschicklichkeit wäre, für beide Firmen gemeinsam?" In diesem Augenblick blieb die Straßenbahn mit einem Ruck stehen. Die Endstation Schottentor war erreicht. Frau Kommerzialrat Prskawetz erhob sich mit der ganzen imposanten Kraft ihrer Figur, zischte ihren Sohn an: „Komm, du jämmerlicher Fratz!", würdigte den höflich lächelnd vor ihr stehenden Herrn keines

Blickes und wollte den Tramway-Wagen verlassen. Der höfliche Herr trat zwar ein wenig zurück, hörte jedoch auf zu lächeln, holte eine große runde Metallmarke aus seiner Rocktasche und hielt sie Ida Prskawetz unter die Nase. Er war Kontrolleur der Wiener Städtischen Straßenbahnen. „Dürfte ich die Beförderungskarten sehen? Der Bub sollte ja auch schon einen Meter dreißig groß sein." 1,30 m war in der Zwischenkriegszeit die Körpergröße, bis zu der ein Kinderfahrschein gültig war. Frau Prskawetz glaubte in den Boden versinken zu müssen. In der Hitze des Julius-Meinl-Gefechtes hatte sie vergessen, Fahrkarten zu lösen. Sie setzte sich noch einmal hin und kramte verzweifelt in ihrer riesigen Handtasche, während der städtische Kontrolleur, ebenso wie der verstockte Sohn, wenn auch beide aus völlig verschiedenen Gründen, erwartungsvoll vor sich hin grinsten.

Der heilige Apostel Judas Thaddäus hilft seit bald zweitausend Jahren den in Not geratenen Tugendhaften. Und so steckte er, für alle unsichtbar, was für einen ordentlichen Heiligen bekanntlich kein Problem darstellt, zwei verdrückte, doch noch unbenützte Vorverkaufskarten in das unterste Fach der Tasche. In ihrer Not konnte Frau Prskawetz daher – dem Wunder selbst kaum trauend – dem Kontrolleur die Karten vorweisen. Dieser war seinerseits so erstaunt, daß er nur nickte und kurz darauf hinwies, man hätte eigentlich die Karten ordnungsgemäß dem Schaffner zur Entwertung vorzeigen müssen, aber in Anbetracht der heftigen Diskussion könne das Vergehen noch einmal übersehen werden. Es sei jetzt alles in Ordnung.

Ebenso verschüchtert wie erleichtert stiegen die beiden Prskawetze aus der sich schon wieder zur Rückfahrt nach Dornbach bereit machenden Tramway. Kontrolleur und Schaffner grüßten ihnen fröhlich nach. Das ungleiche Paar aber wandte sich, nun doch von den mannigfaltigen Ereignissen und Debatten etwas erschöpft, stadteinwärts. Sie labten sich zuerst im Café Haag mit heißer Schokolade und Marillenkuchen und wanderten sodann Hand in Hand am altehrwürdigen Schottenstift vorbei in Richtung Stephansplatz, wo Ida Prskawetz in dem damals sehr populären Modegeschäft Rothberger noch etwas zu besorgen hatte. Plötzlich zog Alfi seine Mutter kräftig am Arm. Sie waren um eine Ecke gebogen und standen vor einer großen und elegant eingerichteten Meinl-Filiale. Alfi deutete auf das Firmenschild. „Alle Meinl heißen Julius", sagte er ganz leise.

Vierte Geschichte

DIE HOHE WARTE

Die Hohe Warte liegt ziemlich in der Mitte des weitläufigen, einst neun selbständige Dörfer mit klingenden Namen umfassenden Wiener Gemeindebezirkes Döbling. Sie hat ebenso viele Gesichter, wie eine Laterna magica Lichter besitzt. Laterna magica – Lichtmaschine, Urahnin des Kinos, deren unzählige, sich verschiebende, im Licht vielfarbig aufblinkende Glasplättchen faszinierte Kinderaugen ihrerseits zum Strahlen brachten …

Ein stolzer Hügel ist die Hohe Warte, oder wenn man lieber will, ein bescheidener Berg. Eigentlich ist sie die letzte Erhebung des mächtigen, in viele Untergebirge gegliederten Alpenhauptkammes, der sich von den Küsten des zentralen Mittelmeeres bis zu seinen topographisch unscheinbaren letzten Ausläufern am Klosterneuburger-Kahlenbergerdorfer Donauknie hinzieht. Zwar gelingt es dem von einer Kirche und einer Ruine gekrönten Leopoldsberg, immer wieder den Eindruck zu erwecken, er sei der letzte Berg der Alpen. Aber freilich zu Unrecht. In Wahrheit hat die kleinere, aber lieblichere Hohe Warte die seit Urzeiten abgesicherte Ehre, der letzte Gupf der Alpenkette zu sein. Zumindest sehe ich das so. Und mir wird es daher ewig ein Rätsel bleiben, wieso eigentlich dieser kahle und recht schäbige Leopoldsberg, der übrigens früher seinem kargen Äußeren entsprechend „Kahlenberg" hieß, die Frechheit hat, sich schon bald ein ganzes Jahrtausend lang so wichtig zu machen.

Ich selbst überquerte die Hohe Warte zum ersten Mal als Passagier eines hohen, altmodischen Kinderwagens, den meine Kinderfrau Mia zuerst hügelauf, und dann wieder hügelab schob, um mich vom Elternhaus in der Osterleitengasse zum Wohnsitz der Großeltern in der Heiligenstädter Eroicagasse zu karren. Sie wird zunächst die geschützte Strecke des ehemaligen Hohlweges, in dem schon lange die Geleise der Tram verlegt waren, benützt haben, die villenreiche Südhang-Direttissima also, die unter anderem den österreichischen Bundespräsidenten sowohl der Ersten, wie der Zweiten Republik als zugewiesener Wohnort dient. Am „Gipfel" der Hohen Warte, dort wo der einstige G2, der heute 37er heißt, mitten durch die ehemaligen Rothschildschen Gärten seine Endstationsschleife dreht, wird sich die Mia für einen sicheren Weg zum Abstieg entschieden haben. Und weil sie eine feurige, neugierige, zuweilen auch kontemplative Natur und zudem der lieblichen Weingarten-Wienerwald-Landschaft verfallen war, wird sie eine Rast eingelegt haben, um den Blick über den vertrauten Rayon schweifen zu lassen.

Hinüber zum Tal des Grinzinger Baches, der von dem nach dem Grafen Cobenzl benannten Hügel der Donau zustrebt. Zu den Dörfern Grinzing, Heiligenstadt und dem an der majestätischen Donau klebenden Nußdorf. Weiter zu jenem Hang des Kahlenberges, an dem inmitten von Weinbergen das von Mia und ihrem Mann bewohnte Häuschen stand. Und dieser Mann, von dem keiner den Vornamen kannte und den jeder nur Mia-Mann nannte, war ein zu jeder Hetz aufgelegter, intelligenter Zeitgenosse von eindrucksvoller Häßlichkeit, eine liebenswerte Mischung aus Gorilla und Neandertaler. Besitzer eines „Monos-Radls", jenes zwischen den Kriegen gebräuchlichen Motorrads, das einen zweirädrigen Kastenwagen für Lasten aller Art vor sich herschob. Der Mia-Mann übte den Beruf eines freischaffenden Zeitungsausfahrers aus, nachdem die renommierte Nußdorfer Brauerei der Herren von Bachhofen, in der der Mia-Mann als Heizer tätig gewesen war, während der Krisenzeit nach dem ersten Krieg ihre Tore für immer hatte schließen müssen. Auch die riesigen, ausrangierten Brauereigebäude und -stallungen, die von Büschen überwuchert oberhalb der Dampfschiffstation Nußdorf schlummerten, wird Mia noch mit ihrem Blick gestreift haben, ehe sie sich an den Abstieg, wahrscheinlich über ein Weingartenwegerl an der Westseite des Hohen-Warte-Massivs, machte.

Das große alte Tor zum Hof jenes Hauses Ecke Eroicagasse/Kahlenbergerstraße, das die Großeltern bewohnten. Es knarrte immer, dieses Tor. „Küß´ die Hand, Frau Hofrat", wird die Mia zu der unter Holunderbüschen auf der Terrasse sitzenden und mit Sicherheit in der damals in liberal-bürgerlichen Kreisen recht beliebten „Großen Volkszeitung" lesenden Großmutter hinaufgerufen haben. Diese wiederum wird die „Große Volkszeitung" wohl nur deshalb gelesen haben, weil ihr Mann, der Herr Hofrat, mein Großvater väterlicherseits, dort häufig Leitartikel schrieb …

Die Hohe Warte war ein Kosmos für sich. Auf ihr standen die feinen Villen der großbürgerlichen Hautevolee – der Kattus, Thonet, Grimm, Reithoffer, Hainisch, von den Rothschild ganz zu schweigen. An sie schmiegten sich die alten Weinbauernhäuser und Heurigenschenken. Nach Nordwesten, da, wo die Hohe Warte teilweise recht steil in Richtung Donaukanal abfällt, liegt das riesige natürliche Fußballstadion „Hohe Warte" des einstmals von Rothschildschen englischen Gärtnern gegründeten „First Vienna Football Club 1894", das älteste Fußball-Stadion Wiens, in dem einst bis zu 80 000 Menschen Platz fanden und wo das österreichische „Wunderteam" zwischen den Kriegen seine Siege feierte. Dicht neben dem Fußballplatz, in Richtung Nußdorf, wieder eine andere Welt: die der „Schrebergärten", ein liebevoll gewirkter Fleckerlteppich aus Kleinstgärten, Paradies der Wiener Bassena-Zinshaus-Bewohner. Und nicht weit davon, jenseits der großen Heiligenstädter Einfahrtsstraße in die Wiener Innenstadt, strategisch auch die Franz-Josephs-Bahn kontrollierend: der „Karl-Marx-Hof", die riesige, einen Kilometer lange und zehntausend Bewohner fassende Wohnhausanlage, der Stolz des „Roten Wien". Der Kosmos Hohe Warte beherbergte also alle Abstufungen des sozialen und wirtschaftlichen Gefüges Wiens.

Meine ersten bewußten Erinnerungen sind mit dem Plateau der Hohen Warte verknüpft, wo sich unter den Wipfeln mächtiger Laubbäume der progressiv geführte Kindergarten der Frau Matura befand. Wir Kinder fanden das Etablissement der Frau Matura prima, besonders den Kakao – im Winter heiß, im

Sommer eiskalt –, der mit einer Zimtschnecke zum Gabelfrühstück gereicht wurde. Das tollste war freilich das Marionettentheater des Gatten der Leiterin, des Herrn Matura. Dieser begnadete Meister der Kleinstkinder-Kleinkunst versetzte uns, sobald er seine von blauen Vorhängen verhüllte Puppenbühne in den Speisesaal schob, in eine zuckerzitterbunte Märchenwelt. Da gab es keineswegs nur den Kasperl und das Krokodil, sondern stets neue Tiere, Pflanzen oder menschliche Figuren. Vor Aufregung auf den Zehenspitzen stehend, verfolgten wir die immer neuen, gottlob stets glücklich endenden Abenteuer auf der winzigen Bühne, von denen am Anfang der Vorstellung wohl auch Herr Matura keine Ahnung hatte, wie sie ausgehen würden.

Unvergeßlich: Die Aufführung einer abenteuerlichen Dampferfahrt auf dem königlich-ungarischen Raddampfer „Kidgidisch" von der fernen ungarischen Dampfschiffstation Magyar-Bolomosch quer durch die magyarische Tiefebene bis nach Wien. Die Heldin dieser Reise war das Mädel Etelka, eine Waise, die sich im weißen Pußta-Rockerl zu ihrem Großvater, einem im Wienerwald in einer verfallenen Ritterburg hausenden Greis, aufmachte. Ihre Eltern waren soeben einer schrecklichen Seuche erlegen. Tante Mausicka brachte das Kind zum Schiff und ließ sich vom Kapitän, wie auch vom Maschinisten feierlich versprechen, daß sie auf das Mädel gut aufpassen würden. „Joi, joi", lachten die beiden Männer und zwirbelten ihre Schnurrbärte …

Alles ging soweit gut – bis auf einen kleinen Zwischenfall: Als Herr Matura ein stürmisches Gewitter auf der unteren Donau bei Mohacs besonders naturgetreu demonstrieren wollte, fiel das Theater um. Schwitzend stand der dicke Herr Matura inmitten seiner Figuren, hielt die Kulisse des Dampfers in der Hand und lachte.„Kinder, bitte alle die Augen zumachen, das Donauweiberl kommt gleich und bringt alles wieder in Ordnung." Wir kniffen fest die Augen zu, und als wir sie wieder aufmachen durften, war die Bühne erleuchtet, auch Etelka hatte den Sturm gut überstanden und konnte ihre Reise, auf der sie Gefahr um Gefahr zu bestehen hatte, fortsetzen. Die Hexe Ilonka tauchte auf. Dumpf warnten die Reime des Herrn Matura zur Musik einer alten Csardas-Platte:

„Auf dem Dampfer Kidgidisch
Fuhr Ilonka verführerisch
Erster Klasse Schlafkabin
Von Budapest nach Wien – hin."

Die böse Ilonka bereitete Etelkas Untergang vor, niemand bemerkte ihr schreckliches Vorhaben. Unheilverkündend sang Herr Matura:

„Kapitän und Maschinist
Schauen nicht, wo Dampfer fließt,
Schauen nur nach Schlafkabin – hin."

Die Geschichte hatte natürlich ein Happy-End. Der Dampfer aus Pappmachée erreichte Wien, wo Ilonka von ihrem Großvater in die Arme geschlossen wurde.

Zum Abschluß sang Herr Matura „Wien, Wien, nur du allein"... Im Herbst 1956 reiste ich als Journalist am Höhepunkt der Ungarn-Revolution zur Berichterstattung nach Budapest. Am Ende einer langen Nacht begannen die Sowjets die Schlacht zur Rückeroberung Budapests. Ich erwachte durch den Lärm der Granaten und ging ans Fenster meines Zimmers im Hotel „Duna", von wo ich auf die Donau sah. Ganz nah war ein schöner weißer Dampfer am Ufer vertäut. Das Schiff stand in Flammen. Im Rauch konnte ich den Namen am Bug nicht mehr richtig entziffern. Plötzlich schien mir, daß das langsam absinkende Schiff „Kidgidisch" hieß.

Fünfte Geschichte

DIE VOLKSSCHULE VORMOSERGASSE RIECHT NACH URINOL

Der größte Teil der alten Dörfer Ober- und Unterdöbling war schon lange, vor hundert oder mehr Jahren, als Wien schneller wuchs als die meisten anderen Weltstädte, seines dörflichen Charakters verlustig gegangen. Anstelle der Felder und Weingärten entstanden, von den Hauptarterien Döblinger Hauptstraße, Billrothstraße und Heiligenstädter Straße ausgehend neue, meist schnurgerade Gassen. In Oberdöbling konnte man feinbürgerliche, höchstens zweistöckige Häuser oder auch schon erste Villen entdecken. Dieser Villenbereich wuchs später mit anderen in Gersthof zusammen und bildete dann die sogenannte „Kotäsch", wie die Wiener das feine Cottage-Viertel mit einem aus dem Englischen entlehnten Begriff nannten.

Im unteren Teil des neuen Bezirkes, im Grätzel Barawitzkagasse-Gunoldgasse-Heiligenstädter Straße, wurden Arbeiterzinshäuser vom Typ „Bassena und Klo am Gang", gewöhnlich mit vier oder gar mehr Stockwerken, natürlich ohne Lift, hochgezogen. Hier und da waren zwischen diesen, traurig und verloren, übriggebliebene eingeschossige Weinbauernhäuser, von trostlosen Feuermauern überschattet, eingezwängt. Gipfel des Fortschritts in diesem Quartier: die aus der damals rein proletarisch besiedelten Brigittenau kommende, nur aus einem zweiachsigen Waggon bestehende 34er Tramway, die bis zum Fuße der Hohen Warte ratterte, um dort an die feinbürgerliche 37er-Linie anzuschließen.

Da war das Ensemble in der Vormosergasse doch von völlig anderer Zusammensetzung und, wenn man so sagen darf, Qualität. Beherrscht von der im Empirestil ausgebauten Döblinger Pfarrkirche St. Paul, gab es dort ein namenloses kleines Kirchenplatzerl, ferner die elegant zum Maria-Theresien-Schlössel und zur feinen Villa Wertheimstein führende Hofzeile. Natürlich war da noch die Vormosergasse selbst, die nur aus wenigen Häusern bestand. Sie war und ist ja auch eine Mini-Gasse, kaum 200 Meter lang, aber, klein, wie sie war, gut eingekuschelt zwischen der Pfarrkirche St. Paul, ihrem größten Bauwerk, und dem kleinsten Gebäude, der alten, ebenerdigen Volksschule, des weiland Dorfes Döbling. Im letzten Jahr des Zweiten Weltkrieges wurde die kleine Schule durch Bomben zerstört.

In den zwanziger Jahren gab es natürlich auch in Döbling schon eine Menge anderer Schulen, beispielsweise in der Pyrkergasse oder in der Panzergasse, beide, nach ihrem Äußeren zu schließen, wohl etwa zu Zeiten des großen Wiener Bürgermeisters Dr. Karl Lueger erbaut. Dieser geniale christlich-soziale Demagoge, der die damals frisch eingemeindeten Vororte in funktionierende Wiener Bezirke, in „klasse Hieb", wie deren Bewohner sie damals nannten, umwandelte, erhoffte sich durch diese und ähnliche öffentliche Bauten aller Art – zum Beispiel der „Wiener Stadtbahn", damals eine Weltsensation – Stimmenzuwächse bei den durch das eben eingeführte allgemeine Wahlrecht zunehmend Bedeutung gewinnenden kommunalen Urnengängen. Zeit seines Lebens hatte er mit dieser Strategie Erfolg.

Auch ein Gymnasium wurde errichtet, die Realschule in der Krottenbachstraße, und später – Wien ging mit dem Fortschritt – ein Mädchenrealgymnasium in der Billrothstraße. Im Kaasgraben entstand, ursprünglich in der Baracke eines ehemaligen russischen Kriegsgefangenenlagers aus dem Ersten Weltkrieg, die katholische Reform-"Neulandschule". Und schließlich gab es hoch droben über Grinzing bald noch eine private Mittelschule, das LEH (Landeserziehungsheim), das der humanen und offenbar auch nicht unlukrativen Praxis huldigte, in anderen Schulen durchgefallenen Söhnen aus besseren Kreisen, allen Konfessionen und sämtlichen Stadtteilen einen zwar kostspieligen, dafür aber fast ausnahmslos erfolgreichen Schulabschluß mit bestandener Matura zu ermöglichen.

Aber die mit Abstand bemerkenswerteste, älteste und zweifellos kleinste Institution dieser Art war die Volksschule in der Vormosergasse. Sie besaß vier Klassenzimmer, ein winziges Direktions- und ein ebenso kleines Lehrerzimmer, aber auch einen wunderschönen Gartenhof mit großen alten Bäumen und jeder Möglichkeit zum Fußballspielen. Dann gab es noch den üblichen Gang mit den Türen zu den Klassenzimmern und an dessen Ende zwei Klos, eines für Mädeln, eines für Buben, wie es sich eben gehört. Das Bubenklo wiederum gliederte sich – und dies ist für diese Betrachtung von weittragender Bedeutung – in das normale WC und in einen Vorraum, dessen Längswand als Pissoir eingerichtet war.

Genau dieses Pissoir hatte es in sich – oder besser gesagt seine kohlrabenschwarze, mehrmals jährlich erneuerte dicke Ölbeschichtung. Diese Beschichtung wiederum hieß Urinol und wurde sicherlich noch seit der Zeit der alten Donaumonarchie landauf, landab in allen Volksschulen verwendet. Ganz besonders dick aufgetragen wurde sie in den Volks- und Bürgerschulen der Reichs-, Haupt- und Residenzstadt Wien. Eine Praxis, die offenbar auch nach dem Ende der Monarchie von der 1918 neu geschaffenen Republik und ihrem strahlendroten Herzen, dem inzwischen sozialdemokratisch gewordenen Wien und seiner Stadtverwaltung, weiter gepflegt wurde.

Kein Wunder, denn der Erzeuger des Urinols, die alteingesessene Firma Beetz, hatte seit frühen Ahnentagen nie Kosten und Mühe gescheut, diesem so wichtigen Erzeugnis stets seine reinigenden Qualitäten zu erhalten. Andere Beetz-Produkte, in Form von Bodenwachs oder ähnlichem, wurden zur Reinigung der Fußböden der Klassenzimmer und der Gänge verwendet. Sie alle hatten eines mit der Pissoir-Ölbeschichtung gemeinsam: sie rochen stets und ausdauernd nach Urinol. Hier ist es unerläßlich, hinzuzufügen, daß der Urinolgeruch niemals unangenehm oder peinlich gewesen wäre. Urinol roch allerdings ein wenig penetrant, was aber – noch einmal sei es mit einer Verbeugung vor der bekanntlich hochehrbaren Firma Beetz, seligen Andenkens, versichert – keineswegs besagen soll, daß dieser geruchsintensive Charakter des Urinols als besonders störend empfunden worden wäre.

Der Geruch des Urinols hat sich bei Generationen von Volksschülern in Österreich und – wie von führenden wissenschaftlichen Experten aufgrund kulturgeschichtlicher Studien versichert wird – auch bei Absolventen ähnlicher Institute in allen heute, durch stets weiterwirkende Zellteilung, fast schon unzähligen Nachfolgestaaten des alten Reiches tief im individuellen, über die nasale Komponente hinausgehenden Nervensystem verankert. Es kann daher, ohne Widerspruch zu erregen, behauptet werden, daß das Urinol mindestens ebensosehr als wirksamer und bleibender Teil der Erziehung in den Volksschulen anzusehen ist wie etwa der Unterricht selbst. Es ist bei näherer Betrachtung nicht einmal auszuschließen, daß der hohe Standard der österreichischen und insbesondere der hauptstädtisch-wienerischen Volksschultradition in entscheidender Weise durch den Geruch des Urinols geprägt wurde. Wer weiß heute noch zu klären, ob nicht der große Erzieher und Gestalter des Schulwesens im Wien der Zwischenkriegszeit, Otto Glöckel, sehr wohl die Weiterverwendung des Urinols in den Volksschulen auch des roten Wien aus wohlüberlegten und ideologisch fundierten Gründen geduldet, ja vielleicht sogar gefördert hat.

Denn der Geruch des Urinols hatte zweifellos eine anregende Wirkung. Natürlich nicht in der Art der zu Recht verpönten heutigen harten Drogen, aber doch von der Wirkung eines Erfrischungsgetränks, damals Kracherl, heute Coca-Cola. Darüber hinaus kann man dem Urinol auch einen gewissen positiven politischen Einfluß im Sinne der „Égalité", wie sie die Väter der Französischen Revolution im Kopfe, wenn schon nicht in der Nase hatten, bestimmt nicht absprechen. Denn ohne Zweifel kann wohl nichts einen wirksameren und anhaltenderen egalisierenderen Effekt haben als ein alles durchdringender, schlußendlich auch von allen – ob vom Direktor, Lehrer, Katechet, Schulwart oder Schüler bis hinunter zum letzten, kleinsten, rotznasigsten Erstklassler – gleich empfundener Geruch. Selbstverständlich würde es weit über den Rahmen dieser Betrachtung hinausgehen, auch etwaige Einflüsse des Urinolgeruches auf die Psyche der diesen ständig inhalierenden Personen hic et nunc zur Diskussion stellen zu wollen.

Es kann jedoch mit einiger Wahrscheinlichkeit angenommen werden, daß gewisse Denkflüsse der Zwischenkriegszeit und auch der Zeit der Besatzung als Urinol-Produkte, die heute einer breiteren Öffentlichkeit kaum mehr vertraut sein können, noch allerorts im Sinne des Erfinders Verwendung fanden, dennoch weiter wirken. Die Feststellung, daß die Volksschule Vormosergasse nach Urinol roch, könnte so eine weit über ihren ursprünglichen bescheidenen Sinn hinausgehende Bedeutung erhalten, eine Bedeutung auch für die Bewältigung so mancher Probleme, mit denen uns das neu heraufdämmernde Jahrtausend konfrontieren mag. Wer weiß, vielleicht könnte Urinol zur Schließung des Ozonloches eingesetzt werden, etwa unter Einsatz eines jener bei den Naturschützern unserer Tage so beliebten Werbeslogans: „Ist das Loch auch innen hohl, Greenpeace schließt´s mit Urinol."

Sechste Geschichte

DER KURZZUG, „URANUS" UND DER SEKTIONSCHEF STRAUBINGER

„Der D-Zug nach Gmünd, Prag, Dresden und Berlin mit Kurswagen nach Leipzig fährt in Kürze von Bahnsteig 3 ab. Bitte einsteigen und Türen schließen!" rief ein Fahrdienstleiter mit gewaltiger Stimme, während er den eindrucksvollen Fernzug eilig abschritt, letzte Auskünfte erteilte und Türen schloß. Sektionsrat Dr. Peter Holzberger aus dem Bundesministerium für Ackerbau und Viehzucht, kurz Ackerbauministerium genannt, erkannte sofort sehnsüchtig aus der Ankündigung des Beamten, daß dieser Zug in ferne und fremde Länder fahren würde. Wenn es sich auch, was die Tschechoslowakei betraf, bloß um einen Nachfolgestaat der zerfallenen Doppelmonarchie handelte, so war doch der stracks nach Norden dampfende Expreßzug für die Realisierung seiner heutigen Ausflugszwecke völlig ungeeignet. Er kam für ihn nicht in Frage.

Holzberger, der am hinteren Ende der Halle des Franz-Josephs-Bahnhofs zwischen Zeitungs- und Proviantkiosken stand, mußte plötzlich laut lachen. Bei der Überlegung, daß der Berlin-Expreß für ihn nicht in Betracht kam, war ihm eine Geschichte eingefallen, die ihm der Ministerialrat Pfunderer aus der Präsidialsektion dieser Tage erzählt hatte und von der besagter Präsidialist schwor, daß sie wahr sei. Der ob seiner ständigen Interventionen im ganzen Ministerium bekannte und wenig beliebte, nichtsdestotrotz aber sehr reiche Futtermittelproduzent Lisinsky, angeblich ein Studienkollege von Pfunderer aus der selben Studentenverbindung, habe ein Inserat in die Zeitung gesetzt, des Inhalts, daß ein kinderliebender Herrschaftschauffeur mit Gärtnereikenntnissen für einen Währinger Villenhaushalt gesucht werde; vorzustellen sonntags von neun bis zwölf Uhr.

Also, am nächsten Sonntag wartet der Futtermittelfabrikant in seiner Villa. Es kommen drei Dutzend Kandidaten, alle nix – entweder dank entsprechender Fahne leicht zu entlarvende, für das Chauffieren von Kraftfahrzeugen ungeeignete Trinker oder Invalide aus dem Krieg oder ganz feine Herren, die alles in der Inflation verloren haben, natürlich selber ursprünglich Herrenfahrer waren, bei denen man sich schämen muß, wenn man ihnen etwas anschafft. Nun, der Freund vom Pfunderer ist schon ganz desperat, da kommt knapp vor zwölf doch noch einer daher, der ganz passabel aussieht. Ordentlich angezogen, grüßt höflich, was will man mehr. Der Lisinsky fragt den Mann nach seinem Führerschein. Darauf sagt der, Autofahren kann er leider gar nicht. Aha, denkt sich der Freund vom Pfunderer, und sagt: „Sie sind wahrscheinlich Gärtner und sehr kinderliebend, da werden wir das mit dem Führerschein in der Stadthauptmannschaft schon arrangieren können." – „Nein danke", sagt der Aspirant sehr höflich. „Als Gärtner bin ich ungeeignet, weil ich hab leider Heuschnupfen, und Kinder kann ich wegen der Schreierei nicht ausstehen." Der Lisinsky versteht die Welt nicht mehr.

„Sagen S´ mir bitte nur eines: Warum sind S´ denn dann überhaupt hergekommen, noch dazu am Sonntag, wenn S´ ohnedies alles nicht machen wollen?" Der sonderbare Bewerber nimmt Haltung an und erklärt: „Ich wollte nur ordnungsgemäß Mitteilung machen, daß ich für diesen Posten auf keinen Fall in Frage komme."

Holzberger schmunzelte noch immer, als er auf Verlangen seiner Frau Josepha – geborene Gasteiger, ebenfalls einer Beamtenfamilie entstammend, der Vater war irgendwo in der Südsteiermark Bezirkshauptmann gewesen – den Zugsanzeiger betrachtete und feststellte, daß man sich in der Tat beeilen müsse, wenn man den außerhalb der Halle schon unter Dampf stehenden Kurzzug nach Greifenstein noch erreichen und damit halbwegs im Zeitplan des Sonntagsausfluges bleiben wollte. Der Sektionsrat kaufte sich noch schnell beim Zeitungskiosk Lektüre ein, man mußte ja in diesen Zeiten halbwegs informiert sein: die „Reichspost", natürlich christlich-sozial. Diese klerikale Zeitung war das Leibblatt seines langjährigen Ministers Andreas Thaler, dem der junge Holzberger voll Verehrung gedient hatte. Der aus der Tiroler Wildschönau stammende Bauernpolitiker war zum Staunen Holzbauers plötzlich übergeschnappt und wollte mit ein paar hundert Tiroler Bergbauern und seinem langen Bart nach Brasilien auswandern. Dies tat er dann auch und gründete dort die Siedlung „Dreizehn Linden". Wenn man die Aktion des Ackerbauministers Thaler damals, Anfang der dreißiger Jahre, aus heutiger Sicht, zwei Generationen später, betrachtet, war er vielleicht gar nicht übergeschnappt, sondern hat in weiser Voraussicht sich selbst den Hitler und seinen Tiroler Auswandererschäflein den Zweiten Weltkrieg erspart.

Das alles konnte natürlich der Sektionsrat Dr. Peter Holzberger an jenem Frühlingssonntagmorgen des Jahres 1931 in keiner Weise vorausahnen, denn er war weder Astrologe noch sonst ein Prophet, sondern lediglich ein ambitionierter Beamter der Dienstklasse VII, Stufe drei, zugeteilt der Forstsektion im Ackerbauministerium. Weil aber der Holzberger neugierig und am Weltgeschehen sehr interessiert war, kaufte er sich auch noch die liberale „Neue Freie Presse" und, um alle Gesellschaftstratschbedürfnisse seiner Frau zu befriedigen, das „Neue Wiener Journal". Die Frau Gemahlin hatte inzwischen, weil man wegen der sonntäglichen Frühmesse um sieben Uhr bei den Piaristen auch an die noch nüchternen und daher knurrenden Mägen denken mußte, ihre beiden Buben nicht aus den Augen lassend, Proviant in Form von Wurstsemmeln, Mannerschnitten und sogar auch noch teuren Importmarillen eingekauft. Im Laufschritt erreichten die Holzbergers noch den Kurzzug, sprangen auf die offene hintere Plattform, gerade als der Bahnbeamte mit seiner roten Mütze pfeifend das Abfahrtssignal gab. Im Großraum-Abteil à la 1930 fand die Familie noch Platz und konnte endlich zu Atem kommen. Der „Kurzzug" war eine Billigversion späterer Schnellbahngarnituren. Er bestand aus vier kurzen, zweiachsigen Personenzugswaggons dritter Klasse, aber der Trick bei der Sache war, daß die kleine Nahverkehrs-Dampflokomotive in der Mitte eingekoppelt wurde, also vorne zwei Waggons, dann die Lok, dann noch zwei Waggons.

Ganz einfach. Vor allem war dieser Zug auf allen, auch auf eingleisigen Strecken leicht und ohne kompliziertes Rangierverfahren zu verwenden. Die Lok blieb immer in der Mitte und fuhr entweder vorwärts oder rückwärts. Das Züglein dampfte genüßlich über Heiligenstadt (großer Passagierzustrom wegen Stadtbahnendstation), Nußdorf, Kahlenbergerdorf, Klosterneuburg und Kritzendorf fast immer die Donau oder einen ihrer Nebenarme entlang bis Greifenstein, wo die Holzbergers ausstiegen. Der Zug fuhr dann noch eine Station weiter bis St. Andrä-Wördern und von dort wieder in gleicher Weise zurück zum Franz-Josephs-Bahnhof, zwölfmal am Tag und fast immer voll.

Es gab ja damals weder Expreßstraßen noch Autobahnen. Sie wären auch völlig überflüssig gewesen, denn nur Taxler oder die paar tausend reichen Leute fuhren Personenautos – von der damals noch recht kleinen und, verglichen mit heute, bescheidenen politischen Nomenklatura natürlich abgesehen. Beispiel Bundeskanzleramt: ein Auto für den Kanzler, eines für den Staatssekretär (Äußeres), zwei für den Dienstgebrauch des ganzen Hauses, also für den gesamten Bereich des Bundeskanzleramtes und des heutigen Außenministeriums insgesamt vier Pkws. Bundesministerium für Finanzen: ein Wagen für den Finanzminister, ein weiterer für den Dienstgebrauch des Ministeriums. Oder Beispiel „Neue Freie Presse", damals die führende Zeitung des Landes: ein Auto für den Eigentümer, Herausgeber und Chefredakteur in einer Person, ein Auto für den Dienstgebrauch der ganzen Redaktion. Jö, waren das Zeiten, wie geschaffen für Sparpakete, oder besser, geboren aus dem damals eisernen Zwang zu sparen!

Inzwischen hatte der Herr Sektionsrat mit seiner Sopherl, wie er die Josephina seit ihrer Verlobung nennen durfte, und mit den beiden Buben, zehn und acht, die Ruine Greifenstein erklommen. Ja, ihre Verlobung war jetzt auch schon fünfzehn Jahre her. Im Sommer 1916 war er in der sechsten Isonzoschlacht verwundet worden. Das schlanke und brünette Fräulein hatte ihn, den zwanzigjährigen Reserveleutnant, im k.u.k. Feldlazarett von Cilly viele Wochen als freiwillige Kriegskrankenschwester gesundgepflegt und ihm dann das Jawort gegeben. Peter Holzberger erklärte seiner mäßig interessierten Familie die historische Bedeutung Greifensteins. Geschichte hatte ihn immer gefesselt. Als er bei Kriegsende 1918 von der unteren Piave, an der sein Regiment zuletzt gestanden war, unter geschickter Vermeidung italienischer Gefangenschaft in die Heimat zurückkehrte, war es sein Traum gewesen, an der Universität Geschichte zu studieren.

In Aspang am Wechsel, wo sein Vater seit Jahrzehnten eine mittelmäßig gehende Anwaltskanzlei durch Zivilprozesse aller Art am Leben erhielt, konnte sich Peter vom Hunger des letzten Kriegsjahres erholen. Alle Freunde rieten ihm von den Studienplänen ab, vor allem aber sein Vater, auf dessen Meinung er hielt: „Mit Geschichte und Philosophie kannst du Dienstmann oder mit viel Glück und noch mehr Protektion vielleicht am End´ der Welt, wo sich die Füchse gute Nacht sagen, nicht-pragmatisierter Mittelschullehrer werden. Wiener Gymnasien kannst du dir sowieso aus dem Kopf schlagen, weil du kein Roter bist, genauso wie du bei uns in Niederösterreich halt ein Schwarzer sein müßtest. Daher gibt es nur eines: Du machst Jus, mit vorzüglichem Abschluß, wenn ich bitten darf, dann wird man sehen. Im schlimmsten Fall kannst du meine Kanzlei übernehmen. Ich weiß aber von meinem Freund, dem Karl Straubinger, mit dem ich seinerzeit gedient habe, daß man im Ackerbauministerium Juristen braucht." So geschah es dann auch. 1922 promovierte Holzberger zur Freude seines Vaters summa cum laude und trat postwendend ins Ministerium ein. Die Liebe zur Geschichte, besonders zu der seines Landes, war ihm jedoch geblieben. Als Niederösterreicher interessierte ihn vor allem die Zeit der Babenberger im Hochmittelalter. Daher auch die Route des Sonntagausfluges: Greifenstein-Tulln-Klosterneuburg, altes Babenberger Kernland.

In der Familie waren die Interessen allerdings etwas anders verteilt. Sopherl wollte in Tulln, wo gerade Spargelzeit war, jede tragbare Menge dieser Köstlichkeit erwerben und freute sich sodann in Klosterneuburg auf einen gemütlichen Tratsch mit ihrer entfernt verwandten Tante Nora Straubinger. Die beiden Buben hatten vorerst nur ein Ziel, und das lag ihnen im wahrsten Sinn des Wortes schon fast vor Augen. Peter Holzberger hatte – von wegen lustig für die Buben und außerdem noch extrem preiswert – beschlossen, die Strecke von Greifenstein bis Tulln mit dem Vormittagspostschiff der Donaudampfschiffahrtsgesellschaft zurückzulegen. Vom Turm der Ruine Greifenstein hatte man einen weiten Blick die Donau hinauf und hinunter. Flußabwärts, etwa auf der Höhe von Kritzendorf, war der viel schwarzen Rauch ausstoßende zweischlotige Dampfer „Uranus", der offenbar sonntags wegen starker Frequenz auf dieser Strecke eingesetzt wurde, bereits mit freiem Auge zu erkennen. Er kämpfte sich gegen die Hochwasser führende und schnell fließende Donau mühsam stromaufwärts. Die Buben schrien auf, man möge doch endlich zum Fluß hinunterlaufen, sonst müßte die Katastrophe passieren: sie würden das Schiff versäumen. Papa beruhigte, flußaufwärts kämen selbst die großen Dampfer bei der starken Strömung nur ganz langsam weiter, es bestehe keine Gefahr!

Die Landungsstelle Greifenstein der DDSG, auf der die Familie noch gute zwanzig Minuten auf das langsam herannahende Schiff gewartet hatte, bebte ganz gewaltig, als der große Raddampfer anlegte. Die „Uranus“ hatte in besseren Zeiten die Fernstrecke der ganzen unteren Donau, Wien-Budapest-Belgrad-Giurgu-Ruse in Bulgarien befahren. Damals dauerte diese Fahrt flußabwärts viereinhalb Tage, flußaufwärts fast eine Woche. Heute war das überfüllte Schiff um acht Uhr von der Wiener Reichsbrücke losgedampft und hatte für die 22 Kilometer bis Greifenstein zweieinhalb Stunden benötigt, also knapp zehn Kilometer pro Stunde Durchschnittsgeschwindigkeit, wohlgemerkt stromaufwärts, stromabwärts ging es bei der starken Strömung der oberen Donau fast doppelt so schnell. Bis Tulln würde die Familie nun eineinhalb Stunden Zeit haben, genug für ein Gabelfrühstück und auch genug zur Betrachtung der noch völlig naturbelassenen Donauauen an beiden Flußufern. Da das Schiffsrestaurant überfüllt war, nahmen alle trotz der Dampfwolken und des Funkenfluges quietschvergnügt auf dem Oberdeck Platz und plünderten Sopherls Proviantrucksack.

Die Überfüllung der „Uranus“, wie überhaupt die starke Frequenz der zu jener Zeit mit sechs Schiffskursen täglich befahrenen Strecke Wien-Linz-Passau, war weniger auf die Schönheit der Landschaft als auf die damals allgemein herrschende Armut der Bevölkerung zurückzuführen. Auf den simpelsten Nenner gebracht: Arbeitslose hatten keinen Groschen Geld, aber jede Menge Zeit. Von Wien nach Linz fuhr die Bahn drei bis vier Stunden, der DDSG-Dampfer sechzehn bis zwanzig Stunden. Das Schiffsbillett aber kostete wenig mehr als ein Drittel der Bahnkarte für die gleiche Strecke. Also waren die Schiffe überfüllt.

Auf dem Tullner Markt verkauften die Bauern aus den fruchtbaren Gebieten zu beiden Seiten der Donau – im Norden bis hinauf zur Wagramhöhe, im Süden aus dem ganzen Tullner Feld – um diese Jahreszeit ihren weithin hochgeschätzten Spargel. Die Wiener kamen in Massen angereist, erwarben das köstliche Gemüse und aßen Karpfen, Hechte und andere Donaufische, die sie in den großen alten Wirtshäusern der Stadt mit dem bekömmlichen Wein der Gegend hinunterspülten. Es war ein herber Weißwein, den eine Generation später der Tullnerfelder Bundeskanzler Leopold Figl weltberühmt machen sollte. Nicht umsonst wird Figl der berühmte Sager „Wenn der Geist was leisten soll, braucht der Körper Alkohol!“ zugeschrieben. Auch die Familie Holzberger hatte in einem schattigen Garten am Donauufer köstliche Portionen gebratenen Huchens – eines damals noch häufig vorkommenden Donaufisches – verzehrt und fuhr dann am frühen Nachmittag auf einem anderen Donaudampfer, der „Schönbrunn“, ein knappes Stündchen flußabwärts bis Klosterneuburg. Dann wanderten sie durch die dichten Gelsenschwärme der Klosterneuburger Donauauen, durch die Stadt und am Stift vorbei bis zum Haus der Straubingers. Dr. Karl Straubinger, der aus Bad Gastein stammende hohe Beamte im Ackerbauministerium, hatte es in erstaunlich jungen Jahren schon zum Sektionschef gebracht und war daher ein Vorgesetzter unseres Sektionsrates.

Die Straubingers führten in Klosterneuburg ein gastfreundliches Haus. Das ergab sich mehr oder weniger schon daraus von selbst, daß die Straubinger-Familie seit dem frühen 17. Jahrhundert als Wirte und Heilbäder-Vermieter tätig war. Der Sage nach war es ein Jäger namens Straubinger gewesen, der einst auf der Pirsch bei einem mächtigen Wasserfall nahe dem Gasteiner Talschluß Rast machte und plötzlich feststellte, daß neben der eiskalten Gletscherflut auch heißes Wasser aus dem Boden quoll. Das Resultat dieser Entdeckung ist heute noch in Bad Gastein zu bewundern. Direkt neben dem berühmten Wasserfall im Zentrum des Heilbades steht das alte Hotel Straubinger, in dem Kaiser, Könige und Präsidenten gerne ein und aus gingen. In den späten 60er Jahren insistierte der damals frisch gebackene SPÖ-Vorsitzende Bruno Kreisky bei Wahlreisen im Gasteiner-Tal, unbedingt im Hotel Straubinger untergebracht zu werden. Bis lange nach dem Zweiten Weltkrieg wurde das Hotel von Fritz Straubinger geführt, dem Bruder des in Klosterneuburg ansässigen Sektionschefs. Als Peter Holzberger seine Familie an diesem Maitag des Jahres 1931 zu Besuch bei seinem Chef vorführte, herrschte im Hause Straubinger große Aufregung. Gerade vorhin war der neue Ressortchef des Ackerbauministeriums, Bundesminister Dr. Engelbert Dollfuß, ein Kleinbauernsohn aus der Scheibbser Gegend, zu Besuch vorbeigekommen. Er war von kleinem, fast zwergenhaftem Wuchs, was ihn zum Ziel unzähliger Witze machte. Außerdem rauchte er sehr viel. Er hatte Nora Straubinger ein Loch in die feine Spitzendecke des Wohnzimmertisches gebrannt. Natürlich erfreute dies die Hausfrau im Augenblick der Tat wenig. Später, Dollfuß war Bundeskanzler geworden, hatte das parlamentarische System der Ersten Republik durch einen autoritären Ständestaat ersetzt und war schließlich, nach dem tragischen Bürgerkrieg im Februar 1934, im Juli desselben Jahres anläßlich eines von Hitler angeordneten Nazi-Putsches im Bundeskanzleramt am Ballhausplatz von einem SS-Mann ermordet worden, begann das kleine Brandloch im Tischtuch der Straubingers immer größere Beachtung zu genießen.

Während der Nazi-Zeit erhielt Sektionschef Dr. Karl Straubinger wegen seiner politischen Einstellung von der Gestapo „Ostmark-Verbot"; er mußte samt Familie nach Berlin übersiedeln, wo die Nazi-Schikanen im allgemeinen viel milder gehandhabt wurden als in Wien von den berüchtigten „Illegalen". Dort arbeitete er im „Reichsnährstand". Wenn ihn damals verläßliche Antinazis aus Österreich besuchten, zog Straubinger die Vorhänge seines Wohnzimmers zu und entnahm einer Lade das Tischtuch mit dem fein umhäkelten „Dollfuß-Zigarettenloch".

Siebente Geschichte

KATHARINA, DER EINZIGE FREUND

Wer hat schon einen wirklichen Freund? Hamlet hatte einen, den Horatio, auf den war Verlaß. Caesar, um bei Shakespeare zu bleiben, ist mit seinem Freund Brutus ganz schön eingegangen. Und auch Napoleon hat seine letzten Jahre auf St. Helena recht einsam verbracht; die Freunde haben sich in Paris offenbar wohler gefühlt.

Schwerer als berühmte Leute, denen die Freunde – zumindest in den guten Tagen – geradezu nachlaufen, haben es in dieser Hinsicht einfache Durchschnittsbürger ohne besondere äußere Vorzüge. Und am härtesten trifft es in Sachen Freundschaft zweifelsohne Kinder. Natürlich finden auch sie Freunde, zumindest solche, die so tun, als wären sie die besten und verläßlichsten Kumpane, besonders dann, wenn man sie auf einen Eislutscher einlädt, sie in die Kindervorstellung ins Kino mitnimmt oder ihnen gar – einsamer Höhepunkt aller Freundschaftsbezeugungen – im geeigneten, sicheren Moment das neue, chromglänzende Fahrrad zum Ausprobieren überläßt.

Was soll's – falsche Freunde sind wie falsche Fuffziger. Kaum ist das Eis gegessen, der Micky Maus-Film angeschaut, machen sie sich aus dem Staub. Am bittersten schmerzt es, wenn sie mit dem geborgten Fahrrad einen Stern reißen und sich das liebe kleine

Fußerl ein bisserl aufschürfen. Dann rennen sie mit schmerzverzerrtem Antlitz zu ihrer Mutter, um die Wunde herzuzeigen, zu deren Betrachtung man ein Vergrößerungsglas benötigen würde. Die ob des Blutbades aufgebrachte Mutter ruft empört die eigene Mama an, welche wiederum, ihrerseits verärgert, dem Sprößling eine Tachtl gibt und ihm dringend empfiehlt, in Zukunft sein neues Fahrrad nicht mehr herzuborgen. Moral von der Geschicht´: Für derlei ehrliche und selbstlose Freundschaftsdienste bleibt man im allgemeinen unbedankt und faßt per saldo nichts als Tachteln.

Es steht daher leider fest: Wirkliche Freundschaften gibt es nur in Büchern, und die darin vorkommenden Freunde sind in den meisten Fällen frei erfunden, wie etwa die beiden Heroen vieler Bubengenerationen, Tom Sawyer und Huckleberry Finn. Im wirklichen Bubenleben mit all seinen Härten kann man lange suchen, ohne auch nur die Spur eines echten Freundes zu finden. Es gibt Ausnahmen, die jedoch, wie der strenge Lateinprofessor Schupp Generationen von Schottengymnasiasten immer wieder einzubläuen pflegte, nur die Regel bestätigen.

Wer indes schon im Kindesalter ein ihm in wahrer Freundschaft zugeneigtes Wesen treffen sollte, der danke allen Heiligen, insbesondere dem hl. Canisius. Dieser Heilige, nach dem man ein ganzes, großes, am Alsergrund befindliches Kloster benannt hat, ist für Freundschaft offenbar ganz besonders zuständig, ähnlich wie der hl. Florian für Großbrände aller Art. Denn am Schwarzen Brett vor dem Tor der Kirche des hl. Canisius war seinerzeit ein Werbezettel für die dortige Pfarrjugend angeschlagen, auf dem folgender Vers zu lesen stand:

„Die Canisius-Jugendschar
Schon stets ein Hort der Freundschaft war.
Bei Gebet, bei Spiel und Sport
Findet sich die Jugend dort.
Ohne Hader, Zwist und Streit
Gibt Gott den Kindern Seligkeit!"

Ob mit oder ohne Hilfe des hl. Canisius – einer fand seine Seligkeit: Rupert Ritter, Schüler der Realschule in der Krottenbachstraße. Er fand einen Freund.

Rupert Ritter hatte mit seinem Geburtsdatum Probleme. Er wurde ausgerechnet am 28. Juni 1914 im Rudolfinerhaus geboren, dem von Billroth erbauten Spital im Herzen Döblings, in dem viele Babys das Licht der Welt erblickten, deren Leben sich später hinter grünen Jalousien abspielte. Ruperts Geburtstag, gleichzeitig der Tag, an dem Erzherzog Franz Ferdinand in Sarajevo ermordet wurde, was wiederum den Ausbruch des Ersten Weltkriegs verursachte, sollte in den Folgejahren von manchen Pessimisten in der Ritter-Familie als düsteres Omen gewertet werden. Der Knabe jedoch ließ sich von keinerlei Weissagungen beirren und wuchs unbeschwert und fröhlich in dem geräumigen Haus seiner Eltern an der Heiligenstädter Lände auf. Sein Vater führte dort mit fester Hand ein ebenso renommiertes wie wohlfundiertes Speditions- und Frachtunternehmen. Genau auf halbem Wege von Ruperts Elternhaus zu seiner Schule, in der grünen, parkähnlichen Weilgasse, lag nun jener Platz, an dem seine Seligkeit ihren Anfang nahm. Ein wahrer Freund tauchte auf.

Katharina war ein liebenswertes Geschöpf. Sie stammte aus einem der schönen, alten Häuser in dieser Döblinger Gasse. Sie war das zweite der beiden Hochsteiger-Mädeln, mit denen heranzuwachsen für alle Betroffenen eine Freude, manchmal eine ebensolche Bürde sein konnte. Katharina war nicht nur die jüngere, sondern auch die mildere Schwester von Ruperts gleichaltriger Kindergarten- und Volksschulkollegin Jana. Jana, die immer oberg´scheit war. Sie neigte dazu, die schönsten Geschichten, die man ihr zur Belehrung und Unterhaltung erzählte, zu hinterfragen, und meist bezweifelte sie ihren Wahrheitsgehalt. Ganz anders Katharina, der wahre und einzige Freund aus Ruperts Bubenzeit. Sie hörte dankbar zu und glaubte alles, was man ihr erzählte. Das lag wohl daran, daß Katharina ihrem Freund voll und ganz vertraute. Nicht nur glaubte sie jedes Abenteuer, jede Geschichte, die berichtet wurde, sie war auch immer bereit, sich für ihren Freund und dessen Glaubwürdigkeit einzusetzen und, wenn es sein mußte, sogar gegen ihre ältere, ansonsten sehr geliebte Schwester in den Kampf zu ziehen. Offensichtlich ein seltener Fall von wahrer Freundschaft. Als Beweismittel mag die denkwürdige Geschichte von den Delphinen gelten, die im folgenden zur allgemeinen Kenntnis gebracht werden soll.

Delphine schwimmen und leben bekanntlich nur im Meer, in vielen großen und kleinen Meeren, wenn auch nicht in allen. Das Tote Meer wäre ihnen viel zu salzig und die Arktische See wäre ihnen viel zu kalt. Aber im Mittelmeer und damit auch in der Adria hausen sie sehr vergnügt. Im übrigen haben sie, da ja fast drei Viertel der Erdoberfläche von Meer bedeckt sind, genügend Platz. Sie haben es daher auch nicht nötig, den Lunzer See, die Alte Donau, den seichten Neusiedler See oder den eiskalten Hallstätter See zu bevölkern. Also gab es keine Seen, wo die Hochsteiger-Mädeln sie vielleicht einmal zu Gesicht bekommen hätten.

Rupert war in den Sommerferien bei Verwandten in Dalmatien gewesen. Nach seiner Rückkehr erzählte er den beiden Schwestern, daß er eines Tages in einer Bucht zwischen dem alten Städtchen Trogir und dem Badeort Castel Stari beim Schwimmen zusammen mit seinem dort ansässigen Onkel Pero versehentlich in ein spielendes Rudel Delphine hineingeraten sei. Er habe zuerst Angst vor den doch recht großen Tieren gehabt, die immer wieder aus dem Wasser sprangen. Onkel Pero aber habe ihn beruhigt. Die Delphine seien gutmütig und völlig ungefährlich, man müsse nur aufpassen, daß man nicht irrtümlich, wenn sie von einem ihrer Luftsprünge zurückfielen, ausgerechnet unter ihnen schwimme. Dann könnte es blaue Flecken, vielleicht sogar einen Rippenbruch geben. Sonst aber seien die Fische durchaus hilfsbereit, und es gebe viele Fischergeschichten, wonach Delphine zu Schiffbrüchigen, die schon völlig erschöpft im Meer zu ertrinken drohten, hinschwammen. Die verzweifelten Menschen konnten sich dann an den Delphinen festhalten, und diese brachten sie sicher zum nächsten Ufer. Rupert und sein Onkel hätten nach etwa zwanzig Minuten, die sie mit dem spielenden Rudel verbrachten, dieses wieder verlassen und seien zu ihrem winzigen Boot am Ufer zurückgekehrt.

Als Jana die Delphingeschichte hörte, fragte sie ihren Vater, einen Syndikus und äußerst gebildeten Herren, was für Tiere denn diese Delphine überhaupt seien. Säugetiere seien es, obwohl sie im Meer lebten, klärte Lorenz Hochsteiger seine beiden Töchter völlig korrekt auf. „Säugetiere", sagte Jana schnippisch. „Säugetiere also, wie unsere Katze, wie der Igel im Döblinger Bad oder wie der Hund vom Direktor Schlesinger nebenan." – „Genau das sind sie, Säugetiere", bestätigte ihr Vater lächelnd, bevor er sich wieder der Lektüre jener unzähligen Aktenbögen zuwandte, die in großen Bündeln seinen Schreibtisch überwucherten und in jenen Jahren in der Regel noch mit der Hand geschrieben waren. Die neumodische Schreibmaschine wurde in der seriösen und konservativen Kanzlei des Syndikus Hochsteiger nicht ohne ein gewisses Mißtrauen betrachtet.

Später, beim Familienabendessen brachte Jana, die sich von ihrem Schulkollegen und seinen Delphingeschichten hineingelegt fühlte, das Thema wieder auf. „Was uns der Rupert da von seinen Abenteuern mit den Delphinen aufgetischt hat, ist alles geschwindelt. Kalter Aufschnitt. Delphine sind ja nicht, wie er behauptet, Fische, sondern, wie Vater es bestätigt hat, ganz normale Säugetiere. Wer weiß, vielleicht nennt man dort unten in Dalmatien die Hasen ganz einfach Delphine. Ja, Hasen, wie wir sie in der Ramsau auf den Wiesen hinter dem Bauernhaus im Sommer immer sehen. Das wird´s gewesen sein, was Rupert an der Adria getroffen hat. Und wenn sie im Meer leben, dann sind es halt Seehasen", schloß Jana triumphierend.

„Nein!" rief Katharina ganz empört. Wie immer, wenn sie sich für etwas oder jemanden einsetzte, traten ihr sogleich Tränen in die Augen. „Nein, Rupert hat uns doch ganz genau erzählt, wie ein ganzes Rudel Delphine sich ihm genähert hat, als er mit seinem Onkel Pero in einer Bucht in Dalmatien herumschwamm. Er hat gesagt, diese wunderschönen Fische werden über drei Meter lang und sind sehr zutraulich. Ein besonders netter Delphin hat sogar mit ihm gespielt und ihn dabei versehentlich in den Arm gebissen."

Das kam nun sogar dem Syndikus Hochleitner etwas sonderbar vor. Es sei doch unwahrscheinlich, meinte er, daß ein so harmloser Fisch, selbst wenn er ein Säugetier sei, ausgerechnet den Rupert in den Arm beißen würde.

Nun war Katharina völlig außer sich. „Der Rupert hat mir sogar die Narbe am Ellbogen gezeigt! Außerdem hat er als Beweis für seine Geschichte eine Flasche mit Meerwasser aus der Delphinbucht mitgebracht. Er hat mich sogar daraus kosten lassen, und ich kann euch sagen, alles stimmt, alles ist wahr, denn das Wasser aus der Flasche schmeckt ganz salzig. Es ist eben echtes Delphinwasser."

Das Ehepaar Hochsteiger erkannte den Ernst der Situation und beruhigte Katharina. Es würde wohl anhand des Meerwasser-Beweismittels alles in Ordnung gehen, umso mehr, als es höchst unwahrscheinlich sei, daß die Ramsauer Hasen extra nach Dalmatien gereist seien – und dabei die Mühe des doppelten Umsteigens in Selztal und Bruck an der Mur auf sich genommen hätten –, nur um dort als Delphine aufzutreten und Wasserspiele durchzuführen. Schon sah sich Katharina in ihrem gerechten Kampf um die Wahrheit der Delphingeschichte bestätigt; der Abend schien doch noch einen friedlichen Verlauf nehmen zu wollen. Da trumpfte Jana noch einmal auf: „Alles geschwindelt, wieder alles kalter Aufschnitt! Wieder fällt die dumme Katharina dem Schmähtandler hinein. Ich habe die Flasche Meerwasser aus Dalmatien selbst gesehen. Es ist eine ganz gewöhnliche Kracherlflasche mit Gummi-Porzellan-Verschluß, Marke Privoznik, wie man sie in jedem Zuckerl-Geschäft kaufen kann. Von Dalmatien und Delphinen keine Spur. Der Rupert wird ganz einfach einen ordentlichen Löffel Salz in ein Krügerl mit Hochquellwasser gegeben und dann das Ganze in die Kracherlflasche abgefüllt haben. Du bist ihm zum hundersten Mal hineingefallen, Katharina!"

Katharina sprang vom Eßtisch auf und stürzte sich auf die überlegen grinsende Jana. Die Mutter mußte die beiden streitenden Mädel trennen. Schließlich kam die Wahrheit doch an den Tag. Am nächsten Tag trafen sich die Mütter bei Hilda Paluguay, der Frau des berühmten Röntgenologen, in deren schönem Gartenhaus in der Pokornygasse zum Tee. Dort wurde die Delphingeschichte berichtet. Lachend versicherte Anneliese Ritter ihrer Freundin Maria Hochsteiger, daß Bruder Pero ihr allerdings berichtet habe, er sei beim Schwimmen mit den Buben in einer Bucht in der Nähe von Trogir in unmittelbare Nachbarschaft spielender Delphine geraten. Ob es da Hautkontakt gegeben habe, wisse sie freilich nicht. Richtig sei aber, daß der Rupert, als er schließlich am Südbahnhof ankam, eine kleine, von Onkel Pero verarztete Verletzung aufzuweisen gehabt habe.

Die Delphingeschichte und damit auch Ruperts Ehre waren gerettet. Als er mit Jana und Katharina am folgenden Tag, von der Schule heimwärts wandernd, beim Zuckerlgeschäft in der Döblinger Hauptstraße vorbeischlenderte, kaufte er dort die zwei Groschen kostende Mindestportion „gemischte saure Zuckerln". Man erhielt dann immer drei Zuckerln, und die Frau Konditor erklärte, ohne zu lächeln: „Mischen mußt du sie dir selber." Er überreichte die Zuckerln triumphierend der Katharina. Jana fragte spöttisch, ob das Meerwasser-Kracherl wohl schon ausverkauft gewesen sei. Als Sieger in der Delphin-Affäre war es Rupert ein leichtes, solche läppischen Bemerkungen zu überhören. Er beschloß, in Hinkunft die Berichte seiner weiteren Reiseabenteuer in den wilden Bergen der Krain ausschließlich Katharina anzuvertrauen.

So saßen die beiden bald an einem heißen Nachmittag auf einer Bank im Döblinger Bad, Soda-Himbeer und Kokosbusserln gab es billig am Buffet, und einer Fortsetzung des Reiseberichtes stand nichts im Wege. Er begann mit den Abenteuern auf dem Schloß der Kasomirskys bei Moravce in Slowenien. Das mittelalterliche Schloß, das später im Zweiten Weltkrieg niedergebrannt wurde, stand auf einem bewaldeten Berg mitten im oberkrainischen Alpenland. Damals gab es dort noch relativ viele Braunbären. Eines späten

Abends, als Rupert eigentlich schon schlafen gehen sollte, schlugen die Hunde an. Alle eilten in den Schloßpark, wo sich ein Bär an den Bienenstöcken zu schaffen machte. Der Lärm der Hunde und die herannahenden Menschen ließen Meister Petz das Weite suchen. Und Rupert erklärte, daß er im Zwielicht des Mondes unter den dichten Bäumen noch deutlich die Konturen des mächtigen Braunbären gesehen habe.

Jana hätte ihm das alles wieder nicht geglaubt. Aus dem Bären wäre abermals ein Hase oder im günstigsten Fall ein Kuh geworden. Das hatte Rupert weise vorausgesehen, als er sich mit Katharina allein zurückzog. Sie war von seiner Erzählung völlig hingerissen. Am Schluß glaubten beide den heißen Atem des wilden Bären über der Holzbank des Döblinger Bades in ihrem Nacken zu spüren.

Achte Geschichte

PAYING GUESTS

Sie wurden abgekürzt P.G.s genannt. Ausgesprochen wurde diese Abkürzung hierzulande „Pie dschies" – im Gegensatz zu der damals leider schon langsam in Mode kommenden Bezeichnung für Mitglieder der Nationalsozialistischen Deutschen Arbeiterpartei (NSDAP), die man Pe Ges, Parteigenossen, nannte. Die feinen, englisch ausgesprochenen P.G.s kamen den Austriaken in den zwanziger und dreißiger Jahren, also in materiell sehr mageren Zeiten, ganz besonders gelegen. Denn sie brachten jene harten Schillinge ins Land, die zwar etliches wert, aber – um mit „Herrn Karl" zu sprechen – kaum zu kriegen waren.

Die Erfindung der „Paying Guests" ist niemals als Patent angemeldet worden, daher wissen wir heute noch nicht, ob es die durch Krieg, Inflation und Nachkriegskrisen verarmten Haus-, Herrenhof-, Schloß- oder Villenbesitzer im klein gewordenen, aber für nordwesteuropäische Touristen immer noch schön gebliebenen österreichischen Alpengebiet gewesen sind, die auf die Idee kamen, ihre überflüssigen oder zumindest entbehrlichen Zimmer, Haus- oder Wohnungsteile an zahlende Gäste abzugeben. Es scheint naheliegend, daß sie die Urheber dieser Einrichtung waren, die zuerst in England, dann auch in anderen westlichen Ländern (vorzüglich Holland, Belgien,

Frankreich und Skandinavien) aufgegriffen wurde. Als zahlende, aber auch gesellschaftlich herzlich willkommene Gäste bevölkerten sie die grünen Fluren und trauten Hänge Österreichs. Später sind übrigens auch kleine Trupps von P.G.s aus den USA und Kanada dazugestoßen.

Zu den ursprünglichen Destinationen im Salzkammergut kamen bald Tirol mit seinem Alpenhauptkamm und den damals noch recht einschichtigen Tälern, Salzburg wegen seiner Festspiele, Kärnten wegen seiner Seen und die Steiermark wegen ihres „Archduke Johann and his Yodels" sowie auch wegen der zahllosen verarmten „Aristos" mit ihren Schlössern in den Tälern der grünen Mark. Niederösterreich und das Burgenland blieben erstaunlicherweise weitgehend ausgespart, obwohl es gerade im österreichischen Kernland mehr als anderswo prächtige Sommerfrischenvillen und Schlösser aller Art zu frequentieren gegeben hätte. Indes, die Grafen und Barone, auch dort teilweise ohne ordentliche Einkünfte aus längst verkauften oder nichts mehr einbringenden Latifundien, blieben auf ihren schön hergerichteten Gästezimmern ebenso sitzen wie die in ähnlicher Weise verarmten Industrie- und Hammerherren aus der Gründerzeit auf ihren frisch ausgeweißten Villenetagen.

Es muß einen Grund gegeben haben, weshalb die P.G.s nicht nach Niederösterreich kamen – von der Existenz des Burgenlandes mögen sie wohl überhaupt noch gar nichts gewußt haben. Leider ist dieser Grund nicht zu eruieren, und auch in der zahlreich vorhandenen P.G.-Fachliteratur fehlt jede Erklärung. Nur eines steht fest: Die Paying Guests blieben offenbar genau an jener geographischen Linie Enns-Semmering stehen, die 1945 nach dem Krieg die sowjetische Besatzungszone im Osten von den westalliierten Zonen im Westen und Süden Österreichs trennte.

Warum die P.G.s nicht nach Wien kamen, ist leicht erklärbar. „Städtetourismus" in unserem heutigen Sinn war damals noch unbekannt. Die wirklich Reichen stiegen im „Imperial", im „Bristol", im „Sacher" oder im „Krantz-Ambassador" ab. Die meist mittellosen trampenden Studenten aber gingen in die Jugendherbergen. Überdies entsprach es wohl nicht der Mentalität der Paying Guests, in die Dienstbotenzimmer der Bürgerwohnungen großer Städte einzudringen. Sie wollten eine schöne, ländliche, heile Welt, ein kultiviertes Quartier mit Gesprächsanschluß, ordentliche Leute, die, wenn auch jetzt auf einen Nebenverdienst angewiesen, in ordentlichen Villen, Herrenhäusern oder Schlössern lebten. So traf das gebildete westeuropäische Bürgertum auf seinen faszinierenden P.G.-Reisen in Österreich auf Menschen, denen eine lockere, humorvolle und wenig durch ernste Probleme belastete Konversation genauso natürlich über die Lippen kam, wie sie selber es vom Small- oder Coffeetable-Talk am brennenden Kamin gewohnt waren.

Die Paying Guests kamen schon relativ bald nach dem Abschluß der Pariser Friedensverträge. Zuerst vor allem aus dem Vereinigten Königreich, und da besonders aus den nordenglischen Grafschaften, aus East Anglia, Greater London proper und Schottland, sowie natürlich aus den damals noch zahlreichen Kolonien der englischen Krone. Sie erschienen den Österreichern anfänglich wie eine elegantere Variante der Damen und Herren von der Heilsarmee. Ähnlich den biederen „Soldaten Christi" traten sie stets in kleinen Gruppen auf, waren immer wohlerzogen und bescheiden, aber in Verfolgung ihrer Ziele sehr beharrlich. Die Endziele der bald in Scharen auftretenden, ja manche Gegenden fast überschwemmenden Paying Guests waren allerdings denen der Heilsarmee diametral entgegengesetzt. Denn die letzteren kamen, um Gutes zu tun, zu singen und schließlich für das Gebotene oder Gesungene milde Gaben für die Armen in Empfang zu nehmen. Bei den P. G.s aber war es umgekehrt, wenn auch in einigen Phasen vergleichbar: Sie kamen, für damalige Zeiten elegant, in Schnell- oder gar Expresszügen angereist, brachten etliche Koffer, oft sogar aus Leder, und Tweedtaschen mit, suchten die Ubikationen ihrer Gastgeber auf, blieben ihre Zeit, schienen sich im allgemeinen wohl zu fühlen und bezahlten schließlich pünktlich ihre Rechnungen, um dann nach entsprechenden Abschiedsgesten wieder nach Hause zu fahren.

Gewisse Destinationen schienen für P.G.s prädestiniert, etwa Bad Ischl (von ihnen „bed eischl" ausgesprochen), Zell am See (von ihnen „sellemsie" genannt) oder gar Vöcklabruck, welches für angelsächsische P.G.s sehr schwer auszusprechen war und gewöhnlich als „fuckelbruck" bezeichnet wurde. Für viele damals meist noch gottesfürchtige Anglikaner und Lutheraner, besonders aus den konservativen und provinziellen Grafschaften des Nordens oder Schottlands, führte dieses Wort ob seines Anklingens an die aus gewagten amerikanischen Romanen bereits bekannte ordinärurige Bezeichnung gewisser zwischenmenschlicher

Aktivitäten wohl zu einer Art Psychoschock. Dieser war es wahrscheinlich, der, wie aus den statistischen Erhebungen der Direktion der oberösterreichischen Landesfremdenverkehrswerbung klar hervorgeht, durch einige Jahre den Zustrom von Paying Guests in den Raum Vöcklabruck und damit in den benachbarten lieblichen Attergau (viele Schlösser, Herrenhäuser und ländliche Villen, daher an sich ideale „food and board"-Voraussetzungen) erheblich reduzierte.

Die Lösung des Problems war, wie die Oberösterreicher sagten, „watscheneinfach". Die Aufteilung der mit Hilfe von speziellen Reisebüros in London oder anderswo in kleinen Rudeln herbeigeführten P.G.s auf die einzelnen Teile des Attergaus erfolgte nicht länger am Bahnhof Vöcklabruck, sondern an dem nur wenige Kilometer entfernten Bahnknotenpunkt Attnang-Puchheim. Allerdings ergab sich auch hier ein kleines, bis in den medizinischen Bereich reichendes Ausspracheproblem für die angelsächsischen Gäste. Auf englisch wird diese Bahnstation nämlich „Etneng-biuchhim" ausgesprochen. Diese Wortbildung führte zwar zu keinerlei obszönen Assoziationen, doch möglicherweise zu leichten Verletzungen im Mund-, Kiefer- und Zahnbereich, was die Zahn- sowie die Hals-, Nasen- und Ohrenärzte der Gegend nur gefreut haben kann.

Normale Paying Guests blieben in guten und friedlichen Saisonen gewöhnlich etwa vier Wochen, manchmal aber auch den ganzen Sommer über bei ihren Gastgebern. Kürzere Aufenthalte hätten sich wohl wegen der relativ hohen Reisekosten kaum gerechnet. Außerdem, wer ein ordentlicher Paying Guest war, hatte Zeit und erwartete, daß sich auch der zivilisierte Gastgeber dieselbe zur Betreuung seiner Gäste nehmen würde. Etwa um Ausflüge in die Umgebung zu organisieren, um dort Freunde der Gastgeber zu treffen, mit denen man wieder neue Kontakte entwickeln konnte, denn nächstes Jahr kam ja auch wieder eine Saison. Den englischen und schottischen P.G.s gefiel es besonders gut in den Gebieten nördlich des Alpenhauptkamms, also im oberösterreichischen Alpenvorland, im Salzkammergut, im Salzburger Land sowie in Nordtirol und Vorarlberg. Es gibt ernsthafte Bemühungen, auch hier den Ursachen für diese besonderen Vorlieben nachzugehen. Es scheint, als habe es zwischen den beiden großen Kriegen in diesen ja meteorologisch ohnehin nicht gerade bevorzugten Landesteilen (möglicherweise aufgrund einer geheimen, besonders bösartigen Klausel des Schmachdiktatfriedensvertrages von St. Germain) noch mehr als ohnedies üblich geregnet. Alle waren darüber verzweifelt, die Wirte, die Sommerfrischler aus Wien oder aus Deutschland, die Bootsvermieter und die Schiffskapitäne der Vergnügungsdampfer auf den vielen Seen, der Max Reinhardt in Salzburg, weil er den „Jedermann" nicht auf dem Domplatz aufführen konnte, und der Direktor der Achenseebahn im Tiroler Jenbach, weil seine Dampfzahnradbahn mit Conducteur, aber ohne Passagiere den Achenseehang hinauf- und wieder hinunterfahren mußte. Wirklich alle waren verzweifelt. Nur die Paying Guests aus dem Vereinigten Königreich genossen die Situation. Erstens, weil sie endlich in einer Gegend waren, in der es noch mehr regnete als in ihrer Heimat. Zweitens, weil sie von Kindheit an gewohnt waren, ständig mit aufgespanntem Regenschirm spazierenzugehen. Drittens, weil die nachmittägliche, allseits beliebte Bridgepartie schon unmittelbar nach der für Gäste und Gastgeber obligaten Siesta angesetzt werden konnte.

Baron Janko Musulin war, wie wenig andere mit seinem Charme, seiner unendlichen Bildung und seiner von der kargen Zwischenkriegszeit geprägten wohlüberlegten, sparsamen, aber doch großzügigen Gastfreundschaft, das Musterbeispiel eines Paying Guest-Gastgebers. Darüber hinaus übrigens auch ein Paradevertreter jener fast schon ganz entschwundenen Generation, die hinter grünen Jalousien aufgewachsen war. In Sachen Paying Guests war er, der sonst Bücher schrieb oder große Verlage in Deutschland oder Österreich zu leiten pflegte, ein Meister in der Behandlung seiner Gäste. Er besaß ein schönes Landhaus oberhalb von Zell am See, wo sommers wie winters die Paying Guests nur so aus- und eingingen. Von ihm stammt in Anbetracht des auch am Zeller See oft vorherrschenden Regenwetters der berühmte Satz: „There is no such thing as bad weather, there is just inadequate clothing." – Zumindest in seiner austrifizierten Anwendung. Ansonsten war Janko Musulin ein köstlicher Gastgeber, der jedermann, daher auch seine Paying Guests, unermüdlich mit den schönsten Anekdoten aus seiner, wie schon sein Name sagt, noch großen altösterreichischen Welt verwöhnte. In Anbetracht der schlechten Zeiten mußte er allerdings als Paying Guest-Gastgeber auch ein wenig auf die Portionen achten. So sagte er einmal zu einem seiner P.G.s, als er diesen Zucker zum Tee anbot und einer von ihnen auf seine Frage „Ein Stück oder zwei?“ mit „Drei, ja!“ antwortete: „Zu Hause auch immer drei?“

Szenenwechsel. Ort der Handlung: die wunderschöne, ländliche Salzkammergut-Villa des berühmten Wiener Arztes Professor von Pirquet in Rindbach am Traunsee an einem Regentag. „My dear boy, could you kindly tell me the temperature outside?“ fragte mich eine nette Dame aus Glasgow. Ich wunderte mich ein wenig über ihren Wunsch, aber sie klärte mich auf, daß sie täglich ihrer Mutter die Lufttemperatur (in Fahrenheit) und Veränderungen ihres Körpergewichts (in Stones) zu berichten habe. Letzteres wegen der zu befürchtenden Gewichtszunahme der Glasgow-Lady infolge der Unmengen von Kaiserschmarrn mit Zwetschkenröster und Speckknödeln mit Schwammerlsoß, die mehrmals täglich, wenn auch mit gewissen Abwechslungen, auf dem Speiszettel im jagdlichen Speiszimmer der Pirquet-Villa allen Gästen und der Familie auf heimatlichem Gmundner Porzellan verabreicht wurden.

Ich war damals ein zwölfjähriger Bub und einer der zahlreichen Gäste der Pirquets in Rindbach, allerdings mußte man bei mir das Attribut „paying“ weglassen, denn die Eltern waren mit den Pirquets befreundet. Sie hatten mich zu meinem anfänglichen Entsetzen für eine ganze Woche in Rindbach so quasi abgestellt. Erst nach Rückkehr von einer Besuchsreise in die Schweiz wollten sie mich wieder abholen. Mama hatte mich der Tante Pirquet übergeben und war nach etlichen Umarmungen wieder verschwunden. Die neue Tante führte mich in ein schönes Salzkammergutzimmer, wo es genauso roch, wie es nur in einer bewaldeten Gegend, in der es fast immer regnet, riechen konnte. Ich wurde über Paying Guests aufgeklärt. Tante Pirquet setzte – irrtümlich – voraus, daß mein zwei Jahre altes Schulenglisch wenigstens halbwegs zur Konversation geeignet sein werde, und überließ mich dann meinem Schicksal.

Nachmittags kam die Sonne heraus. Ich ging hinunter zum Badehaus am See, fand zahlreiche jüngere, sich ebenso fröhlich wie mir unverständlich miteinander unterhaltende Engländer beiderlei Geschlechts vor, die mich freundlich begrüßten und natürlich in Sekunden wieder vergessen hatten. Kein Wunder, sie waren alle mindestens sechs Jahre älter als ich. Ich schlich mich ins Herrenumziehkammerl, zog meine Lederhosen-Lodenjanker-Kluft aus und die Badehose an. In diesem Augenblick hörte ich im nächsten Raum hinter einer Bretterwand ein Geräusch. Ich entdeckte ein Astloch und starrte hinüber. Vor meinen dummen und schnell glasig werdenden Bubenaugen zog sich das Traumbild einer schönen jungen Engländerin den nassen Badeanzug aus und trocknete sich mit dem Badetuch ab. Dann eilte sie offenbar zum Garderobeschrank und damit leider aus der Sicht meines Astloches. Ich hatte noch nie ein unbekleidetes weibliches Wesen gesehen und fand eigentlich Gefallen an dem, was sich meinem Blick geboten hatte. Das war es leider auch gewesen. Ich fand gerade noch den Vornamen des Traumwesens heraus – Jane. Dann begann es wieder zu regnen, und meine Venus verließ an der Spitze der Paying Guest-Badegruppe den Platz am See.

Ich wartete frierend bis zur Dämmerung, aber obwohl es jetzt nicht mehr regnete, Venus-Jane und die Badegruppe kamen nicht zurück. Die nächsten drei Tage goß es ununterbrochen, und die Tante Pirquet zwang mich, Bridge spielen zu lernen. Ich haßte die Tante, das Bridge, den Dauerregen und zunehmend meine Venus, die ich nur beim Essen zu Gesicht bekam, weil sie die ganze übrige Zeit mit ihrem langweiligen Beaux Pingpong spielte. Ich haßte die ganze Welt, so wie nur ein zwöfljähriger Pubertierender hassen kann. Am vierten Tag schien endlich die Sonne. Beim Frühstück fragte ich die Venus: „What about a beautiful swim in the lake?" – „Sorry, partner", schüttelte sie lächelnd den Kopf. „We are leaving for Innsbruck today. But do enjoy your swim. Goodbye." Jetzt haßte ich auch noch Innsbruck und alle Paying Guests!

Allerdings hatten mich in der Zwischenzeit Mr. und Mrs. Morse – das war die Dame aus Glasgow samt ihrem sehr netten Ehemann – ins Herz geschlossen. Sie betrachteten mich als einen kleinen Cicerone, wie man damals die Reiseführer nannte, und nahmen mich auf alle ihre Ausflüge mit. Wir fuhren per Dampfer rund um den Traunsee, mit der kleinen Salzkammergut-Lokalbahn von Bad Ischl nach Salzburg und einmal sogar mit der Drahtseilbahn auf den Höllenkogel bei Ebensee. Da konnte ich ihnen in der Ferne den Dachstein zeigen und auf diese Weise lernten wir alle drei ein Stück Österreich kennen und ich noch dazu ein bisserl Englisch sowie Grundkenntnisse über Paying Guests.

Zum Beispiel wollte Peter Morse immer genau wissen, wie hoch wohl die Berge rundherum seien. Ich hatte natürlich keine Ahnung, wollte aber meinen Cicerone-Job nicht verlieren und schwindelte, dann borgte ich mir bei der Tante Pirquet eine Touristenkarte des Salzkammergutes aus, auf der alle wichtigen Gipfel verzeichnet waren. Peter Morse mußte dann noch jede Höhenangabe kompliziert von Metern in Fuß übersetzen. Einmal fragte ich ihn, warum er das alles notiere. Er lachte und meinte, daß alle seine Kollegen in der Anwaltskanzlei, in der er tätig sei, noch nie auf so hohen Bergen gewesen seien. Sie würden ihm aber nicht glauben, daß er solche Touren unternommen habe. Um den Beweis antreten zu können, müsse er die Bergeshöhen genau festhalten. Ich wurde wegen meiner Schwindeleien nervös und beichtete Mrs. Morse mit der Bitte um Diskretion, daß ich einen Teil der Höhenangaben frei erfunden hätte. Diese begann noch viel lauter zu lachen als zuvor ihr Mann. Er hätte, so erklärte sie mir, genauso geschwindelt wie ich. Denn es gebe in Glasgow niemanden, der für Peter Morses Bergtouren im Far-away-Austria das geringste Interesse habe. Ihr Mann sei nur von meinem offenbar immensen geographischen Wissen beeindruckt gewesen und habe mir eine Chance geben wollen, es auch praktisch anwenden zu können.

Allgemeines Gelächter, allgemeines Verzeihen. Die Morses luden mich am nächsten Tag – es war mein letzter und es goß wie üblich – auf einen Punsch, offenbar ein Leibgetränk der Schotten, in ein feines Lokal in Gmunden ein. Zuerst tranken wir Punsch, dann aßen wir Zaunerschnitten. Dann tranken wir wieder

Punsch und aßen dazu Saiblinge, eine Fischspezialität aus dem Traunsee. Dann tranken wir wieder Punsch. Dann lud uns ein anderer schottischer Paying Guest, der den Sommer in Traunkirchen verbrachte und am Nebentisch saß, auf eine Flasche seines Leibgetränkes, nämlich süßen Rheinwein, ein. Dann wurde mir plötzlich furchtbar schlecht, ich lief hinaus, um mich zu übergeben, und errreichte mit letzter Kraft noch das "Herren". Als ich zehn Minuten später bleich, frierend, aber sonst in Ordnung wieder auftauchte, lachte mich Mrs. Morse an: „You are not the only one, the other boys are throwing up, too." Ich fühlte mich miserabel und wollte eigentlich nach Hause, aber das wäre unhöflich gewesen. Also dableiben und Mrs. Morse unterhalten. Sie war nach dem Wein wieder zum Punsch zurückgekehrt und schien sich offensichtlich extrem wohl zu fühlen. Überdies war sie völlig nüchtern. Ich hingegen war von ihrer Fähigkeit, beliebige Mengen Alkohol ohne sichtbare Folgen zu sich zu nehmen, tief beeindruckt. Als die beiden Herren wankend und bleich zurückkehrten, trank meine Gönnerin sie innerhalb einer halben Stunde völlig unter den Tisch. Ich hatte, Gottseidank, nur noch Soda-Himbeer getrunken und konnte daher mit Mrs. Morse und einem Kellner das vom Gmundner Punsch gefällte Duo auf den Dampfer Richtung Rindbach bringen. Es goß die ganze Zeit in Strömen, Mrs. Morse und ich saßen innen unter Dach. Die beiden Herren lagen im Wolkenbruch auf dem Deck des Schiffes. Ich wollte sie ins Trockene ziehen. Mrs. Morse stoppte mich und nannte die Punsch-Opfer „pityful little drunkards", sie sollten sich nur draußen ausnüchtern.

Sie hatte wohl völlig recht und kannte die Gewohnheiten der Paying Guests weit besser als ich. Eine gute Stunde später wanderten wir alle aufrecht und soweit nüchtern zur Villa. Tante Pirquet empfing uns erleichtert, wenn auch mit gemischten Gefühlen. Die Bridgepartie wartete bereits.

Neunte Geschichte

ZWEITER PREIS: LIEBESNACHT MIT DER HAUSFRAU

Die Halle des Südbahnhotels auf dem Semmering begann sich nach der üblichen nachmittäglichen Siesta für den „Five o´clock Tea" zu füllen. Das eigens für diese Saison aus Wien engagierte Salonorchester stimmte ein letztes Mal die Instrumente ein. Die „Danubian Golden Boys" waren auf neue, schummrig-heiße Melodien wie Tango und Slowfox spezialisiert und hatten die bis dahin jahrzehntelang im Südbahnhotel aufspielende „Original Obersteirer Kapelle", die mehr auf Ländler, Walzer und langsame, tanzbare Märsche eingestellt gewesen war, abgelöst. Die Golden Boys begannen ihr Programm mit dem vom Direktor des Südbahnhotels, einem durch das Kriegsende arbeitslos gewordenen k.u.k. Generalmajor, als etwas keß empfundenen neuesten Schlager: „Die Ki-Ku-Königin von Montenero / hat nichts im Kopf und nichts im Portmonairo". Dabei kam auch erstmals die in letzter Minute aus einem Karlsbader Kurhotel abgeworbene, ursprünglich aus dem Venezianischen stammende Sängerin Carletta Casaverde zum Einsatz.

„Recht nette Stimme", flüsterte die als quasi ständiger Ehrengast häufig im Südbahnhotel absteigende Witwe nach dem erst vor wenigen Jahren verstorbenen k.u.k. Generalstabschef Franz Freiherr Conrad von Hötzendorf. „Aber der Text ist schon ein Skandal, die Königin von Montenegro ist schließlich eine Schwester des italienischen Königs." Der Hoteldirektor versuchte sie mit dem Hinweis zu beruhigen, daß der Schlagertext ja nicht gleich nach Rom kolportiert werden müsse. „Na ja, ganz so leicht sollt´ man das nicht nehmen", meinte die unschwer zu verärgernde Baronin Conrad. „Die Italiener waren immer schon erstklassige Spione, schon 1915 haben s´ alle unsere geheimen Kriegspläne ihren neuen Alliierten verraten. Diese Katzelmacher, die!" Um die geehrte Baronin, die in ihrem Gefolge immer wieder Gäste aus guten und besten Häusern auf den Semmering brachte, zu versöhnen, beschloß der Hoteldirektor, Generalmajor a. D. Ignaz Zrk, Edler von Malonce, seinen Hinweis, daß eigentlich der unglückselige Oberst Redl, damals Kommandant des dem Generalstabschef unterstehenden Evidenzbüros – so hieß die Spionageabwehr der alten Armee -, die gesamten k.u.k. Aufmarschpläne allerdings nicht an die Italiener, sondern an die Russen für bares Geld verscherbelt habe, zu unterdrücken und lieber eine Schale Tee und Bäckereien zu offerieren.

Man nahm in einer der bequemen Fauteuil-Garnituren der geräumigen Halle Platz, die Kapelle spielte nun den ebenso harmlosen wie unpolitischen Schlager „Leb wohl, mein kleiner Gardeoffizier", als völlig unerwartet das bekannte Grazer Ehepaar Klavonath, Compagnons der renommierten Landmaschinen-Produktionsfirma Klavonath & Schmierer, auftauchte. Auch diesen Herrschaften wurde Tee angeboten, und das Gespräch wechselte in eine völlig andere und, wie sich herausstellen sollte, verhängnisvolle Richtung. Bessy Klavonath wollte wissen, ob es wohl auf Richtigkeit beruhe, daß der Wiener Immobilienhändler Frangel in seiner Villa im benachbarten Küb am Semmering in den nächsten Tagen ein Fest, und zwar, wie Bessy K. leicht errötend, aber dennoch lächelnd hinzufügte, ein anscheinend recht gewagtes, geben wolle. Die Vorbereitungen dazu seien schon in vollem Gange.

Der Hoteldirektor konnte sich ein Auflachen nicht verbeißen. „Aber meine verehrtesten Herrschaften, wenn Sie sich den Georg Frangel und erst seine Frau Marie-Therese anschauen, dann werden Sie gleich merken, wie absurd Ihre Vermutung von einer schlüpfrigen Gesellschaft oder gar einer Orgie gerade in diesem Hause ist. Ich glaube fast, unsere Freunde aus der Mur-Metropole haben ein bisserl viel in dem kürzlich anonym erschienenen und unter der Budel verkauften Schundroman „Skandal in Graz" geblättert oder gar gelesen. Ein für allemal, bei uns am Semmering finden Skandale dieser Art, von nackten Festen und lesbischen Orgien ganz zu schweigen, sicher nicht statt. Damit darf ich mich entschuldigen. Der Herr von Mayer-Gunthof hat sich mit ein paar Textilherren zu einem Essen ohne Damen, also – in der derzeitigen Krisenlage – sicher geschäftlich, angesagt. Ich muß da noch einiges vorbereiten."

Der gute Direktor Zrk, der in seiner Haltung und in seinem Ton weder den Edlen von Malonce noch den ehemaligen k.u.k. General verleugnen konnte, eilte, von den Klavonathschen Redereien leicht ägriert, durch die Halle in sein Direktionszimmer. Er freute sich auf den Besuch seines Kriegskameraden Franzi Mayer-Gunthof. Dabei fiel ihm die berühmte Mayer-

Semmering-Geschichte ein. Vier Herren fahren mit dem Frühexpreß zum Wochenende von Wien Richtung Semmering. Alle vier setzen sich im Speisewagen an einen Tisch. Man bestellt einen Schampus und beschließt, Karten zu spielen. Der Ordnung halber stellen sich die Herren vor. „Melnhof", sagt der eine, „Gunthof" der zweite, „Mallenau", der dritte. Dann erhebt sich der vierte und sagt: „Ich heiß´ auch Mayer."

In der Direktion fand Zrk auf seinem Schreibtisch neben der Gäste- und Zimmerliste der erwarteten Textiliten-Gruppe noch ein eher unscheinbares, aber doch seine Aufmerksamkeit sofort erweckendes Papier vor. Es sah wie eine schäbige Einladung aus, mit der Maschine geschrieben, aber ohne eingefügten Namen des Geladenen. Dieser fand sich nur auf dem daneben liegenden Briefumschlag, der die „Einladung" postalisch befördert hatte. Das Kouvert trug den Poststempel des Wiener Hauptpostamtes. Wie bei der Entlarvung des Meisterspions Oberst Redl Anno dazumal, durchzuckte es Zrk. Seine kurzgeschnittenen, graumelierten Haare stellten sich steil auf wie dürre Tannennadeln. Ihm schwante Böses. Aber so peinlich es ihm war, er konnte die Lektüre des Einladungszettels nicht länger hinausschieben:

Einladung zur Haltlosen Tombola
für kommenden Samstag um sechs Uhr abends,
in die Villa Frangel in Küb am Semmering.
Die Gäste werden ersucht, Speis, Trank
und Tombolapreise selbst mitzubringen.
Lediglich die ersten drei Preise werden verlost:

Erster Preis – Drei Packerln Sport-Zigaretten
Zweiter Preis – Eine Liebesnacht mit der Hausfrau
Dritter Preis – Eine einfache Fahrkarte für die
Seilbahn auf die Rax

Für Überraschungen aller Art,
auch neben der Tombola, wird gesorgt.
Die Gäste werden aufgefordert,
warme Kleidung mitzubringen,
da das Fest bei jeder Witterung
im Park der Villa stattfinden wird.

Zrk, Edler von Malonce, war perplex, um nicht zu sagen, völlig außer sich, um nicht gar zu sagen, rat- und hilflos. Er stellte sich das Ehepaar Frangel vor, und es schauderte ihn sofort vor seinem eigenen Verdacht. Nein, es war ausgeschlossen! Der Georg Frangel, ein Herr Mitte fünfzig, Diplomingenieur, übrigens ehemaliger Pionieroffizier, nach der Schlacht von Gorlice hochdekoriert, aus Iglau stammender solider Geschäftsmann, Mitglied der Altschotten und der nichtschlagenden katholischen Studentenverbindung Burgundia, seriöser Waidmann und Schachspieler – nein, nein, es war ausgeschlossen, daß so ein Herr, ein Gentleman, würden die Engländer sagen, mit so einer skandalösen Sache etwas zu tun haben könnte. Noch viel unvorstellbarer aber schien es Ignaz Zrk, je länger er sich seinen schon im Krieg schwer mitgenommenen Kopf – einmal Granatsplitter, einmal Gasangriff – zerbrach, daß die Frau Frangel involviert sein könnte. Die Marie-Therese, älteste Tochter der Jelinekschen

Familienapotheke Zum hl. Blasius in Bad Fischau, selbst mehrfache Mutter und langjährige Präsidentin des „Niederösterreichischen Vereines zum Schutze in Not geratener christlicher Jungfrauen", war völlig außerstande, in eine solche Affäre auch nur am Rande verwickelt zu sein, noch dazu – Zrk schreckte neuerlich vor seinen eigenen Gedanken zurück – quasi als Hauptperson. Lediglich daß sie erst als zweiter Preis gereiht wurde, schien dem Hoteldirektor, obwohl auch das natürlich eine Infamie war, als einziges deshalb logisch und daher verständlich, weil er Frau Frangel immerhin von den häufigen Besuchen des Ehepaars im Südbahnhotel vom Sehen gut kannte.

Nein, es mußte etwas anderes, oder besser gesagt jemand anders dahinterstecken. Zrk zog aus dem Seitentaschl seines grünen Gilets die silberne Taschenuhr, die ihm einstmals der ältere Bruder seines Vaters, Rittmeister Zidomir Zrk, ebenfalls Edler von Malonce, Kommandant der k.u.k. Militärschwimmschulen in Gospic, als sein Taufpate nach der erfolgreichen Absolvierung der k.u.k. Militärkadettenanstalt in Enns geschenkt hatte. Es war erst kurz nach fünf Uhr. Für Zrk stand es nun außer Frage, daß er eingreifen mußte. Das schuldete er der Ehre des Semmerings. Frangel würde sicher noch in seinem Wiener Büro am Neuen Markt sitzen. Er meldete daher über den ihm bestens bekannten Postmeister am Semmering ein Blitzgespräch zur Firma Frangel & Wegensteiner in Wien I an. Wenige Minuten später hatte er Frangels Compagnon, Alois Wegensteiner, am Apparat, Georg Frangel sei leider verreist, ob er, Wegensteiner, etwas erledigen könne? Diskretion war hier Ehrensache und Vorsicht am Platze. Daher fragte Zrk nur höflich, wann Frangel wieder im Büro erwartet werde. Es wurde ihm mitgeteilt, daß dieser mit seiner Frau nach Venedig verreist und im Hotel Gabrielli-Sandwirt abgestiegen sei. Das Ehepaar wolle dort still die silberne Hochzeit feiern und werde erst in einer Woche zurück erwartet. Zrk war zuerst einmal erleichtert, dann aber auch erneut ratlos. Die schreckliche Tombola in Küb würde schon in fünf Tagen stattfinden, die Frangels wollten aber erst zwei Tage später, am Montag, wieder in Wien sein.

Hier war guter Rat teuer. Wie sollte man dem offenbar ganz bösartig hineingelegten Frangel helfen, jede Peinlichkeit von seiner bei Gott unschuldigen Frau Gemahlin fernzuhalten, die Verbrecher erwischen und doch Diskretion bewahren? Glücklicherweise hatte Zrk auf der Wiener Neustädter Militärakademie den Generalstabskurs „Strategische Überlegungen" mit Auszeichnung bestanden und war daher auch in diesem Fall bald zu sinnvollen Entscheidungen gelangt. Er beschloß, Frangel vorsichtig einzuweihen, nahm noch am selben Abend den am Semmering um 10 Uhr 18 haltenden Nachtzug nach Venedig, traf dort am nächsten Vormittag Georg Frangel in der Café-Konditorei Florian am Markusplatz, erhielt dessen Zustimmung und Partizipationsbereitschaft zu seinem Manöverplan und fuhr am selben Abend zurück auf den Semmering.

Tags darauf ersuchte er den Gendarmerie-Postenkommandanten in Küb, die Villa Frangel fortan vorsichtig observieren zu lassen. Dies geschah, und zwar rund um die Uhr. Der Postenkommandant erschien am nächsten Abend persönlich bei Zrk und berichtete ihm gehorsamst und mit großem Bedauern, daß leider nichts Besonderes vorgefallen sei. Lediglich die beiden noch halbwüchsigen Söhne Frangels, Karli und Kurti, wären aufgetaucht und hätten sich im Garten – von „Park", wie es in der ominösen Einladung stehe, könne keine Rede sein – sowie im Haus aufgehalten. Dies sei aber keineswegs ungewöhnlich, die Buben kämen fast jede Woche mit oder ohne Freunde oder auch mit ihren Eltern nach Küb. Die beiden hätten auch die auf den Namen Kleopatra hörende und gendarmeriebekannte Katze der Familie mitgebracht, diese mit Milch und Futter versehen und im Haus eingesperrt, bevor sie die Villa verließen. Dies lasse darauf schließen, daß seitens der Familie beabsichtigt sei, spätestens am Wochenende wiederzukommen. Zrk bedankte sich beim Postenkommandanten für seine intensive Observanz und war ratloser denn je.

Inzwischen hatten rund zwanzig bis dreißig Gäste allein aus dem Südbahnhotel und dem benachbarten ebenfalls der Luxusklasse zuzuzählenden Hotel Panhans „Einladungen" zum Fest in Küb erhalten. In beiden Hotels stellten die Rezeptionen überdies erhebliche zusätzliche Wochenendbuchungen aus Wien und Graz fest, die stets auch den Auftrag beinhalteten, für eine Fahrgelegenheit nach Küb am Samstagabend sorgen zu wollen. Zrk und der Gendarmerie-Postenkommandant von Küb holten am Samstag Georg Frangel von der Bahn ab. Er hatte seine Frau mit dem Hinweis, die verfrühte Rückkehr sei durch eine Geschäftskonferenz notwendig geworden, beruhigt und nach Hause geschickt. Die arglose Marie-Therese, immer lieb und folgsam, meinte, es wäre in Venedig eh schon fad gewesen, sie werde von Wiener Neustadt aus nur über Tag noch ihre Familie in Bad Fischau besuchen und sodann spätabends in die Wohnung in der Währinger Colloredogasse zurückkehren.

Frangel, Zrk und der Postenkommandant hielten am Samstag zu Mittag gerade unauffällig, das heißt weder im Südbahnhotel noch im Gendarmerie-Posten-Kommando, sondern im Privathäuschen des Kommandanten am Waldrand über Küb, eine Lagebesprechung ab, als der eben diensttuende, observierende Hilfsgendarm eintraf. Dieser meldete gehorsamst, zwei ihm unbekannte Personen seien mit einem Beiwagenmotorrad vor der Villa erschienen, hätten das Tor aufgesperrt und etliche Kartonpakete unbekannten Inhalts aus der Pupperlhutschen (damals geläufiger Ausdruck für Beiwagen) ausgeladen und hinters Haus gebracht. Für ihn, den Hilfsgendarmen, sei das, was folgte, leider unbekannt geblieben, weil er sich ja nicht aus dem Gebüsch hinausbegeben durfte und daher die Aktivitäten hinter dem Haus nicht beobachten konnte. Er habe lediglich festgestellt, daß an der Rückwand des Hauses eine große, offenbar beschriebene schwarze Schultafel befestigt worden sei. Dann wären die beiden geheimnisvollen Gestalten – nicht ortsbekannt – nach Versperrung des Tores wieder in Richtung Gloggnitz abgefahren, beendete der Observant – gehorsamst – seinen Bericht. Daraufhin beschlossen Frangel, Zrk und der Postenkommandant, sich keinesfalls vor sechs Uhr zur Villa zu begeben, um nicht etwa sich im Gelände verborgen haltende Tatkumpane oder andere verdächtige Individuen vorzeitig zu warnen.

Dann aber, so wurde von Zrk festgelegt – aus jeder seiner klaren Weisungen sprach deutlich der kriegserfahrene General –, sollten, um keinen der potentiellen Täter entkommen zu lassen, vorübergehend alle anwesenden Gäste, inklusive Damen, festgenommen werden. „Besonders, so leid es mir tut, auch alle Damen! Denn eine von ihnen muß ja jene angebliche Hausfrau sein, über deren angekündigte Funktionen wir lieber schweigen wollen", betonte Zrk mit ebenso erhobener wie heiserer Stimme.

Gegen sechs Uhr abends begannen die Gäste zur Villa Frangel in Küb am Semmering zu strömen. Teils zu Fuß, teils per Bahn, teils ganz fein per Auto. Die drei Strategen hatten sich unauffällig unter die etwa fünfzig Geladenen gemischt. Kaum merkbar standen auch achtzehn Gendarmen (mit Assistenz aus Spital und Gloggnitz) herum. Ferner war der im Hintergrund zum späteren Abtransport von zeitweilig Festgenommenen bereitgestellte „Grüne Heinrich" (Häftlingstransportfahrzeug, zur Verfügung gestellt von der Wiener Neustädter Polizeidirektion) weitgehend durch geschickt drapierte Zweige so gut getarnt, daß die ebenfalls vom Gendarmeriekommando Bruck an der Mur herbeigebrachte Spürhund-Rotte das Fahrzeug für einen Baum hielt und begann, dort ihre kleinen Bedürfnisse zu erledigen.

Überraschenderweise war das Tor offen. Die Gäste überfluteten alsbald den eher kleinen Garten und blickten sich erwartungsvoll in der Abendsonne um.

Bald fielen alle Blicke auf eine große Schultafel, ordentlich, gut lesbar beschrieben: „Willkommen bei unserer Haltlosen Tombola! Wir danken den Eigentümern der Villa Frangel für die kurzfristige Gastfreundschaft und dürfen Ihnen jetzt eine gute Unterhaltung wünschen. Wir bitten Sie auch, nun im Garten nach den Kärtchen mit den Tombolanummern zu suchen. Bald werden Sie zur überraschenden Verlosung und zur Preisverteilung gebeten werden. Üben Sie sich nur noch ein wenig in Geduld."

Wie aufgeschreckte Hühner begannen alle Damen und Herren unter Bäumen und Büschen nach den Tombolakärtlein zu suchen. Bald hatten fast alle ihre grünen Glückskärtchen mit entsprechenden Nummern gefunden und hoben an, mit mitgebrachten Getränken und Speisen ein fröhliches Fest zu feiern. Nur wenige gingen leer aus und murrten. Eher unglücklich waren auch bald Zrk und der Gendarmerie-Postenkommandant. Es war schon sieben Uhr vorbei und begann zu dunkeln (so etwas wie Sommerzeit gab es damals nicht). Sie mußten befürchten, daß in der Dämmerung die wahren Täter vorzeitig und unerkannt entkommen könnten. Daher war es unumgänglich, sofort zur Tat zu schreiten. Zrk hatte gewisse Schwierigkeiten, den unglücklichen Frangel dazu zu bewegen, seine Zustimmung zur sofortigen Aktion und allen damit verbundenen Konsequenzen zu geben. Schließlich nickte Frangel resigniert und Zrk konnte dem Gendarmerie-Postenkommandanten zuflüstern: „Also, in fünfzig Sekunden geht´s los, Aktion scharf, alle festnehmen und perlustrieren! Dann ab mit dem Grünen Heinrich zum Turnsaal der Volksschule, wo die Arrestanten provisorisch untergebracht werden. Dort das Nationale aufnehmen – und natürlich etwaige Geständnisse!" Der Gendarmerie-Postenkommandant salutierte, obwohl auch nicht ganz glücklich, aber doch andererseits für die einmalige Möglichkeit, sich in Küb am Semmering zu bewähren, dankbar. Wer kann schließlich einem General mitten in der Schlacht widersprechen.

Vorerst lief alles planmäßig. Die Gendarmen schwärmten aus und begannen die entgeisterten Gäste aufzufordern, unauffällig mitzukommen. Erste Protestrufe ertönten, besonders auch Schreie von Damen, die sich nicht perlustrieren lassen wollten. Zrk erblaßte, als er schon in den ersten Minuten der Aktion mehrere Stammgäste seines Hotels entdecken mußte, die trotz lautstark geäußerter Empörung abgeführt wurden. Sollte er nicht doch zur Rettung seiner Gäste eingreifen? Zrk war verzweifelt, denn damit würde er ja den eigenen genialen Plan stören.

Wie durch ein Wunder wurde ihm die Entscheidung aus der Hand genommen. Aus einem offenen Fenster der Villa ertönte plötzlich wie aus einem Lautsprecher eine heisere Stimme, laut genug, daß alle Inhaftierten und die noch nicht festgenommenen Gäste, die Gendarmen und natürlich auch Frangel und Zrk sie hören konnten: „Wir danken für Ihre Geduld und hoffen, daß Sie sich gut unterhalten haben. Jetzt verlosen wir die drei Hauptpreise unserer Tombola. Den ersten Preis, drei Packerl Sport, gewinnt Nummer 26. Die Zigaretten liegen auf dem rechten Fensterbrett neben der Tür." Ein Hilfsgendarm hatte die Karte mit dieser Nummer in der Hand, grinste verlegen und holte sich die Zigaretten. „Nun wird aus technischen Gründen zuerst der dritte Preis verlost“, krähte es weiter aus dem Fenster. „Die Nummer 18 gewinnt den dritten Preis. Die einfache Rax-Seilbahnkarte liegt ebenfalls auf dem rechten Fensterbrett neben der Tür.“ Die Gewinnerin dieses Preises war ausgerechnet Frau Klavonath aus Graz. Auch sie konnte aus ihrer Verlegenheit kein Hehl machen, war aber schon sehr neugierig, was sich etwa auf der Rax abspielen würde. Daher ging sie leicht tänzelnd zum Fenster und holte sich die Karte.

„Jetzt aber, als Höhepunkt, Höhepunkt, Höhepunkt“, krähte die offenbar von einer nicht sehr sachgerecht bespielten Grammophonplatte kommende Stimme erneut, „jetzt wird der zweite Preis, die Liebesnacht mit der Hausfrau, verlost. Passen Sie gut auf, meine Herrschaften! Denn hinter diesem bescheidenen Preis Nummer zwei verbirgt sich die Sensation des Abends.“ Es herrschte gespanntes Schweigen, man hätte, wäre man nicht auf Wiesenboden gestanden, das Fallen einer Stecknadel hören können. „Der zweite Preis geht an die Karte mit der Nummer 35!“ krächzte das Grammophon, als wollte es seinen Geist aufgeben. Zrk zuckte zusammen. Diese Nummer hatte er gleich beim Tor entdeckt und eingesteckt. Die Krähstimme aber ließ nicht locker: „Öffnen Sie jetzt die Haustür, der Schlüssel liegt auf dem linken Fensterbrett. Die Hausfrau erwartet den Gewinner.“

Zwei Gendarmen sprangen, den Ernst der Lage blitzschnell erfassend, zum linken Fensterbrett. Einer von ihnen, an einem braunen, hochgezwirbelten Schnurrbart leicht erkennbar, packte den Schlüssel und raste zur Haustür. Dort standen bleich Frangel und Zrk. Sie rissen dem Gendarmen den Schlüssel aus der Hand, behinderten sich aber gegenseitig so, daß der Schlüssel ins Gras fiel und Zrk seinen Zwicker aufsetzen und ihn erst unter einem Sauerampferblatt hervorziehen mußte. In diesem Augenblick faßte Frangel Zrk an den Schulterblättern und murmelte in einem Ton unendlicher Bitterkeit: „Um Gottes willen, Zrk, haben Sie denn überhaupt kein Schamgefühl, lassen Sie mich zuerst und allein hinein. Ich will und muß die ganze Wahrheit wissen!" Zrk nickte und trat zurück. Aus der Rocktasche Frangels sah er einen Pistolenlauf blinken. Das Schloß sprang auf, alles war mäuschenstill. Frangel öffnete das Tor, trat ein und schloß es schnell hinter sich. Von innen drehte er das Licht im Hause an. Eine Minute Stille. Die Leute begannen unruhig zu werden. Da öffnete Frangel die Tür ganz weit. Zrk und die Gendarmen, dahinter auch die noch nicht im Arrestwagen befindlichen Gäste drängten ins Haus. Auf der Vortreppe saß auf einem Polster in einem großen Korb eine wunderschöne braun-weiße Katze. Über ihr hing eine Tafel mit der Aufschrift: „Hausfrau Kleopatra".

Frangel zog langsam die Pistole aus der Tasche, zögerte nur einige Sekunden und schoß dann blitzschnell auf das noch immer krächzende Grammophon. Der genau wie eine Trompete geformte riesige Trichter zersplitterte in unzählige Stücke. Dadurch verlor der Tonkasten das Gleichgewicht und krachte vom Fensterbrett in den Garten. „Diese Rotzbuben!"

„Der Karli und der Kurti!" murmelte Frangel noch immer fassungslos. „Die werden was erleben!"

Der Gendarmerie-Postenkommandant von Küb aber meldete nach kurzer, wenn auch genauer Betrachtung der Lage mit fester Stimme: „Zweiter Preis, Hausfrau, gefunden und sichergestellt" Ein Gendarm nahm die verschreckte Katze in Gewahrsam. „Kein Anlaß zu weiteren Amtshandlungen. Gendarmen, rechts abmarschieren!"

Frangel aber stieg entschlossen die Treppe des Hauses zum Oberstock, wo sich vermutlich die Täter aufhielten, um zur Exekution der Strafmaßnahmen zu schreiten.

Zehnte Geschichte

RIPSKY

Rudolf Karl von Ripper, von seinen Freunden „Ripsky" genannt, wuchs wie kaum ein anderer hinter grünen Jalousien auf. Er wurde 1905 in einer österreichisch-ungarischen Garnison in Siebenbürgen geboren, wo sein Vater gerade stationiert war. Kindheit und frühe Jugend standen noch deutlich unter den Einflüssen von dieser weiten, schönen und längst dem Untergang geweihten Welt. Bedingt durch den Beruf seines Vaters – dieser diente seinem Kaiser als Stabsoffizier und schließlich als k.u.k. Generalmajor – war Ripskys erste Lebensdekade eine in Etappen ausgeführte Reise durch die Donaumonarchie. Sein Heranwachsen vollzog sich zwischen vier Fixpunkten, und alle vier waren Garnisonen: Klausenburg im heutigen Rumänien, Lemberg im Westen der Ukraine, Görz, das jetzt halb in Slowenien und halb in Italien liegt, und schließlich Salzburg. Diese vier Städte mit ihrem so verschiedenartigen kulturellen Hintergrund prägten den Knaben in den ersten dreizehn Jahren seines Lebens ebenso wie der nach jahrhundertealten Regeln ablaufende Alltag einer kaiserlichen Offiziersfamilie.

Er selbst war aufgrund der Herkunft und der Lebensweise seiner Eltern in dem anscheinend so festen Fundament aus Pflichten, Traditionen und Loyalitäten des Habsburgerreiches verankert, die Beamtenschaft und Offiziersstand bis zum Untergang der Monarchie kennzeichneten. Umso härter müssen der Zusammenbruch und das Ende seiner wie für ewig geschaffenen Kindheitswelt den auch damals schon sehr sensiblen Buben getroffen haben.

Ripsky verlor im Alter von dreizehn Jahren den Vater und das große Vaterland, welch beiden er zeit seines Lebens nachtrauerte. Der Vater starb an Krebs, das Vaterland an nationalistischen Neurosen. Damit war es Zeit für das pubertierende Malertalent, aus der liebevollen, aber strengen Welt seiner Mutter auszubrechen. Zu dieser Mutter sollte er allerdings in den folgenden Jahrzehnten aus den verschiedensten Ecken und Enden der Welt, in die es ihn verschlug, immer wieder zurückkehren, denn er liebte sie sehr.

Damals aber, 1918, befand er sich in ständiger Revolution gegen alles und alle. Er machte sich daran, Berufe und Berufungen auszuprobieren wie andere Leute ihre Hemden. Die Schule war´s nicht, also malen, zeichnen, bald auch dekorative Arbeiten ausführen. Mit sechzehn landet er in Berlin, arbeitet in einem Sägewerk; später geht er zum Zirkus und wird schließlich Clown. Diese letztere Betätigung liegt ihm sehr. Fast vierzig Jahre später – wenige Monate vor seinem Tod – wird er auf einer Bambusmatte des Bangkoker Oriental Hotels ein paar zufällig dort anwesenden Freunden eine Clownnummer hinlegen, die nicht zu übertreffen ist. Aber leider – Clown war´s schließlich auch nicht. Weiter geht es auf Rippers aufregendem Lebensweg. Er malt am Niederrhein, kehrt 1923 heim zur Mutter nach Salzburg. Bald jedoch entschließt er sich, nach Paris zu übersiedeln. Diese Stadt wird ihn bis zu seinem Tode faszinieren. Er liebt die Menschen und den Stil der Stadt und fühlt sich als Künstler wohl in Montparnasse. Und nicht zu vergessen – Ripsky ist nun immerhin schon achtzehn Jahre alt.

Zwei Jahre später, 1925, meldet er sich auf fünf Jahre freiwillig zur französischen Fremdenlegion, 1. Kavallerieregiment Sousse, Tunesien. Trotz der beeindrukkenden Wüstenschönheit, die sich in seiner Malerei wiederfindet, trotz abenteuerlichen Kriegseinsatzes gegen aufständische Drusen in Syrien und Libanon, trotz etlicher Gefechte und mehrfacher Verwundungen – letztere sollen ihm später zur lieben Gewohnheit werden – fühlt er sich schon nach einem Jahr Fremdenlegion gelangweilt. Er möchte wieder ordentlich malen und beschließt zu desertieren. Tatsächlich gelingt ihm, als Seemann getarnt, die Flucht über Algier und das Mittelmeer. Diese Desertion wird ihm in den Folgejahren bis tief in den Zweiten Weltkrieg hinein noch viele Ärgernisse bringen. Denn Frankreichs Armee weiß desertierende Fremdenlegionäre in keiner Weise zu schätzen und ist unermüdlich bemüht, ihrer wieder habhaft zu werden.

Für Ripsky ist zunächst Salzburg die obligate Erholungsstation. Bald probiert er im Medium Film eine neue Masche aus. Er dreht Dokumentarfilme und geht mit einem Kollegen, der eine Kamera zu bedienen weiß, in den fernen Osten: Indochina, Bali, China stehen auf dem Programm. Die Filme sind gut, aber nicht gut genug für Ripper, der es nun wieder in Berlin versucht. Erst geht alles schief, glücklicherweise auch ein Selbstmordversuch per Lungenschuß. Schuß- und Hiebverletzungen übersteht Ripsky immer. Jahrzehnte später zeigt er seinen völlig narbenbedeckten Körper einem Bewunderer und kann, trotz langen Suchens, wegen der vielen Einschüsse den Lungenschuß vom Jänner 1928 nicht mehr finden. "Sorry, partner", sagt er und zieht sich sein Hemd wieder an.

Schließlich, nach Rekonvaleszenz von diversen Krankheiten, die er in der Salzburger Heimat bei seiner Mutter absolviert hat, wird das Leben in Berlin erfolgreicher. 1929 hat er genügend Porträtaufträge, um sich ein Atelier zu mieten. Er heiratet eine progressive Bühnendekorateurin, die er Mopra nennt, und verkehrt in der Hautevolee des Berliner Kulturlebens. Seine große Begabung als Maler wird immer evidenter und findet in der Folge auch zunehmend Anerkennung. Bald erfolgt eine neuerliche Heimkehr, diesmal des jungen Paares, ins Land der grünen Jalousien. Aber Ripsky, unstet wie immer, zieht es nach wenigen Monaten über Paris und London wieder zurück nach Berlin. Dort entwirft er im Auftrag der Sozialdemokratischen Partei Deutschlands ein Wahlplakat, das Anfang 1933, kurz vor den Reichstagswahlen, die Hitlers „Machtergreifung" bestätigen werden, affichiert und in den linken Blättern der deutschen Hauptstadt sehr gelobt wird.

Weniger Gefallen findet das Plakat offenbar bei Hitler und seinen Gefolgsleuten. Bald nach der Machtergreifung der Nazis wird Ripsky in Berlin von der Gestapo verhaftet und in deren Spezialgefängnis in der Prinz-Albrecht-Straße wochenlang schwer gefoltert.

Unter anderem wird ihm mit einer Stahlstange die Schädeldecke eingeschlagen. Das hinterläßt eine tiefe und, weil am Kopf befindlich, leicht sichtbare Narbe. Dann wird er in das neuerrichtete KZ Oranienburg eingeliefert. Nach acht Monaten gelingt es dem österreichischen Gesandten in Berlin, Ripper im Austausch gegen einen in Österreich festgehaltenen NS-Terroristen freizubekommen. Der Freigelassene geht nach Mallorca und verarbeitet dort in dem von ihm geschaffenen Graphikzyklus „Zerstört die Infamie" seine Erlebnisse im Hitlerdeutschland. Dieser Zyklus soll ihn in kommenden Jahrzehnten weltberühmt machen. 1936 faßt Ripper anläßlich eines neuerlichen Salzburger Aufenthaltes den Entschluß, sich freiwillig für den Kampfeinsatz in der „Internationalen Brigade" auf der Seite der Loyalisten im Spanischen Bürgerkrieg zu melden. Er trifft diese Entscheidung, weil er nach seinen KZ-Erfahrungen sein weiteres Leben dem Kampf für Gerechtigkeit und gegen Totalitarismus widmen will. Diesem Entschluß ist er bis zu seinem Tode treu geblieben.

Bald macht er, ursprünglich als Kämpfer für linke Solidarität angetreten, im spanischen Bürgerkrieg die bittere Erfahrung des Mißbrauchs der „Internationalen Brigaden" durch die Kommunisten und deren sowjetischen Hintermänner. Das führt bei ihm wie auch bei etlichen anderen linken Intellektuellen der jungen Generation dieser Zeit zur großen Wandlung. Arthur Koestler, Ignazio Silone und Manes Sperber sitzen im selben Boot. Einstweilen muß aber der Krieg gegen Francos Faschisten bis zum bitteren Ende durchgekämpft werden.

Ripsky hat sich als Maschinengewehrschütze im Heck eines kleinen, einmotorigen Jagdflugzeuges einteilen lassen; dies deshalb, wie er später berichtet, um auf diese Art bessere Überblicke für sein malerisches Schaffen zu erhalten. Daraus wird jedoch leider nichts, da bei einem der ersten Luftgefechte das Flugzeug von Geschossen förmlich zersiebt und das Heck, samt Rudolf Karl von Ripper inklusive Maschinegewehr, abgetrennt wird. Glücklicherweise stürzt er in einen blühenden Orangenhain, was den Aufprall mindert. Ripsky überlebt und kann 21 Schrapnellsplitter an Beinen und Rumpf seinen bereits vorhandenen, recht eindrucksvollen Verwundungen hinzufügen. Danach kehrt er nach Paris zurück und wird im Februar 1937 – wie er später zu berichten weiß, „schon damit mir nicht fad wird" – prompt von der französischen Polizei, die ihn noch wegen seiner Desertion aus der Fremdenlegion sucht, verhaftet. Er landet schließlich im Militärgefängnis Val de Grace. Erst vier Monate später kommt er frei, macht sich erneut auf ins heimatliche Salzburg. Dort malt er viel und bleibt diesmal länger, als hätte er geahnt, daß er die Heimat danach lange nicht mehr betreten wird. Am 15. Februar 1938 schifft er sich in Rotterdam nach New York ein, um dort seine Zeichnungen auszustellen und zu verkaufen. An der Rückkehr hindert ihn der „Anschluß" Österreichs an Hitlerdeutschland. Aus dem Land der grünen Jalousien ist die „Ostmark" geworden.

Ripsky schlägt sich auch in den USA durch, läßt sich schließlich in New Canaan, Connecticut, nieder und wird langsam berühmt. Eine seiner Zeichnungen, die Hitler zum Thema hat, findet am 1. Jänner 1939 auf dem Titelblatt des „Time Magazine" („Man of the Year") Verwendung. Damit ist er als Künstler gemacht. Er verkehrt mit Hermann Broch und Thomas Mann. Nun kommt ihm die geistige Welt des alten Österreich zugute. 1941, sofort nach Japans Überfall auf Pearl Harbour, meldet er sich zum Kampfeinsatz in der US-Army. Zuerst wird er abgewiesen: zu viele Verwundungen, schlechtes rechtes Auge, überdies Ausländer. Mit viel Protektion nimmt man ihn schließlich doch, vorerst nur als eine Art „Kriegsmaler".

Das paßt Ripsky nicht. Malen ist ja okay, aber im Krieg braucht er, um es milde auszudrücken, Feindberührung. Es gelingt ihm, 1943 nach Nordafrika verlegt zu werden. Dort versetzt er sich selbst nach Oran, sodann zur kämpfenden Truppe. Er nimmt als „private, first class" (Schütze) an der Landung in Salerno teil und beweist bei diesem und vielen folgenden Fronteinsätzen höchste Tapferkeit. In seinem Regiment im Frontbereich der Fifth US-Army wird er bald als mutigster Held weit und breit bezeichnet. Er schafft es, in „one-man-commandos" mehrfach durch die deutschen Linien durchzukommen und hohe deutsche Stabsstellen auszuheben, einmal sogar einen kommandierenden General gefangenzunehmen. Den bringt er, wiederum durch die Frontlinie, zurück zur eigenen Einheit. Ripper wird neuerlich mehrfach verwundet. Bald hagelt es Beförderungen: Leutnant, Oberleutnant, Captain. Detto Auszeichnungen. General Mark Clark, Oberbefehlshaber der Fünften Armee, nennt Ripper in einem Tagesbefehl den höchstdekorierten Offizier seiner Armee. Laut Generalstabschef General Truscolt war Ripper der mutigste Mann, den er je gesehen hatte.

Er wird zwecks Genesung von seinen Verwundungen freigestellt, malt etliche Ölbilder von den Schlachten um Monte Cassino. Wieder aber wird ihm rasch fad. Im Vorfrühling 1944 erhält er sein erstes Spionagekommando und wird in einem britischen U-Boot an der von den Deutschen besetzten Mittelmeerküste 50 Kilometer nördlich von Rom abgesetzt. Dort erwarten ihn zwei Partisanen, die ihm eine Soutane übergeben, ferner gefälschte Ausweispapiere eines Seminaristen des Sacrum Collegium Germanicum beim Heiligen Stuhl in Rom. Es glückt ihm, mit einem deutschen Offizier namens Salis, einem Verwandten seiner Mutter, Kontakt aufzunehmen. Dieser ist Anti-Nazi und Offizier im Hauptquartier von Feldmarschall Kesselring in Frascati bei Rom. Ripper erfährt vieles über die Lage in Österreich und die Entwicklung der Widerstandsbewegung.

Heil zurückgekehrt, wird Ripper bald der OSS (dem „Office of strategic services", wie der US-Geheimdienst im Zweiten Weltkrieg hieß) für Österreich, 2677. Regiment, die im Allierten Hauptquartier in Caserta bei Neapel stationiert ist, zugeteilt. Er muß einen Fallschirmjägerkurs absolvieren, um in Zukunft sein langentbehrtes Heimatland hinter den grünen Jalousien aus der Luft besuchen zu können. Er springt denn auch mehrfach in deutscher Uniform unter dem Decknamen Carl Reber über Österreich ab. Seine Funktion ist es, als Verbindungsoffizier zu österreichischen Widerstandsgruppen und Partisaneneinheiten tätig zu sein. Bei seinem letzten Absprung im Februar 1945 im südsteirischen Bachergebirge wird er von Hubert Ziegler, einem Mediziner aus Wien, der die dortige Gruppe führt, empfangen. Ripper hat ein Funkgerät mitgebracht, und beide gehen nun daran, die Partisanenbereiche dieser Gegend nach Norden zum Packsattel hin auszubreiten. Dabei werden sie von SS-Sicherheitstruppen gestellt. In einem Gefecht fällt Ziegler, Ripper wird erneut, aber nun auch zum letzten Mal, verwundet.

Es gelingt ihm dennoch zu fliehen. Er versucht sich nach Italien durchzuschlagen. Am Bahnhof von Spittal an der Drau läuft er einer Polizeistreife in die Hände, wird festgenommen und soll in das Gestapohauptquartier nach Salzburg gebracht werden. Im Chaos eines plötzlichen Fliegeralarms kann er aber seiner Eskorte entkommen. Er springt auf einen gerade anfahrenden Zug nach Lienz auf. Dann geht es zu Fuß weiter über die Dolomiten bis Udine. Auf einem Lastenzug gelangt er bis Treviso. Zwei Wochen später durchschwimmt er den Po westlich Ferrara – die Brücken werden von der deutschen Wehrmacht kontrolliert – und kann schließlich an den Nordhängen des Apennin in der Gegend von Faenza die Frontlinien unversehrt durchqueren. Ripskys letzter Kriegseinsatz ist gut abgelaufen.

Hitler ist tot, der Zweite Weltkrieg zumindest in Europa zu Ende. Zell am See, Sommer 1945. Ripper ist bei Kriegsende Anfang Mai in Salzburg bei seiner Mutter aufgetaucht. Familie, Freunde, ein Fest des Wiedersehens. Alle freuen sich, noch am Leben zu sein. Es sind jene ersten Nachkriegsmonate, in denen so viele, darunter auch Ripsky, sich erst daran gewöhnen müssen, daß der Krieg endlich vorbei ist.

Bei Zell am See hatte die OSS-Austria eine riesige Seevilla in Thumersbach, die eigentlich austro-italienischen Aristos gehörte, beschlagnahmt. Hier residierte nun Captain Rudolf Charles von Ripper, Commander-in-chief der „Zell am See-Ground and Naval Forces". (Es ist zusätzlich zu vermerken, daß Ripper damals auch über einen deutschen Schwimmwagen und ein Motorboot verfügte.) Endlich war er wieder zu Hause. Diesmal on the winning side. Niemand durfte oder konnte ihn verhaften. Der braunen Infamie war endgültig ein Ende bereitet, die neue rote Infamie im Osten noch nicht störend genug erkennbar. Also eine Zeit, Feste zu feiern und schönen Frauen den Hof zu machen. Vor allem aber auch wieder mit dem Malen anzufangen. Dieser lange, heiße Sommer des Jahres 1945 in Zell am See und Salzburg war vielleicht Ripskys glücklichste, sicher aber unbeschwerteste Zeit.

Im Winter 1946, Ripper war längst ins OSS-Hauptquartier nach Wien versetzt, türmten sich düstere Wolken am Stimmungshorizont des austro-amerikanischen Captain. Die unbekümmerte Nachkriegshochstimmung war längst vorbei. Ein Konflikt mit seinem Langzeitprotektor, dem nunmehrigen US-Hochkommissar für Österreich, General Mark Clark, spitzte sich zu: Ripsky hatte bekanntlich seine Lektion über die Einschätzung kommunistischer und vor allem sowjetisch-stalinistischer Politik schon als junger, linker Künstler und Maschinengewehrschütze in der Internationalen Brigade im Spanischen Bürgerkrieg gelernt. Deshalb vertrat er – im begrenzten Rahmen seiner Tätigkeit im Wien des „Dritten Mannes" – den Standpunkt, daß nur eine klare und kompromißlose

Politik der Härte die Sowjets daran hindern könne, nach ganz Osteuropa nunmehr auch Ostösterreich unter ihre Kontrolle zu bringen.

General Clark hingegen war aufgrund seiner Erfahrungen begreiflicherweise noch sehr von der „Waffenbrüderschaft" mit den Sowjets eingenommen, die zur Vernichtung Hitlers geführt hatte. Vielleicht, so hoffte er, sei der „kalte Krieg" noch abwendbar. Vielleicht würde der Kreml doch noch die demokratischen Systeme in Ungarn und der Tschechoslowakei bestehen lassen. Auf jeden Fall wollte Clark noch abwarten. Die nachrichtendienstlichen und noch mehr die geplanten operativen Aktivitäten seines ehemaligen Kriegshelden Captain Ripper konnten hier – aus der Sicht Clarks – die Wirkung eines Elefanten im Porzellanladen haben. Überdies befürchtete der US-Hochkommissar, daß die ohnedies schon eisige Gesprächsatmosphäre mit seinem sowjetischen Kollegen, dem Marschall der Roten Armee, Iwan S. Konjew, sich durch dessen ständige Beschwerden über Rippers „Untaten", die er bei jeder Sitzung des Alliierten Rates äußerte, noch weiter verschlechtern würde. Nachdem es Clark in mehreren Gesprächen nicht gelungen war, Ripper zumindest etwas zu zähmen, war der Ausgang des Konfliktes in Anbetracht des Rangunterschiedes der beiden Opponenten unschwer vorherzusagen. Ripsky wurde, selbstverständlich in allen Ehren, ja nach Verleihung einer weiteren hohen Auszeichnung, nach den Vereinigten Staaten rückversetzt, wo er bald aus der Armee ausschied.

Er erhält erstmalig ein Guggenheim-Fellowship zuerkannt und organisiert Ausstellungen seiner Bilder in den USA, bald aber auch in Österreich. In Wien bezieht er in der Löwelstraße ein angenehmes Quartier, nicht weit vom häufig frequentierten Artclub im „Strohkoffer", unterhalb der Kärntnerbar, nicht allzu weit auch von seinem Atelier in der Böcklinstraße, wo er sich mit seinem Nachbarn, dem großen Bildhauer Fritz Wotruba, bald eng befreundet. Es zeigt sich, daß Ripsky zu seiner Kunst, aber auch zu einer recht österreichisch-bürgerlichen Existenz zurückzukehren beginnt – zusammen mit seiner zweiten Frau Avi, die aus San Francisco stammend und einer eleganten Giraffe ähnelnd, sich in Wien offenbar wohl fühlt. Zu dieser Entwicklung paßt auch, daß Ripper – spät in seinem wilden Leben – die doch recht altmodisch-biedermeierliche Institution der Sommerfrische entdeckt. Ein Schlößl, der Angerhof in Strobl, wird gemietet und für den ganzen Sommer 1952 bezogen. Zum Vergnügen Ripskys dampft mitten durch den Garten des Ansitzes sechsmal täglich die alte Salzkammergut-Lokalbahn.

Weit scheint der Weg, den Ripsky gegangen ist. Von der behüteten frühen Kindheit, über den revolutionären Aufbruch des fast noch knabenhaften jungen Künstlers hinein in die nicht enden wollenden Kämpfe und Abenteuer seines wilden Lebens. Nichts durfte ausgelassen werden: nicht die Fremdenlegion, nicht die Drusenkriege, nicht der künstlerische Durchbruch in Berlin, nicht einmal die Erfahrungen mit harten Drogen. Dann aber eine entscheidende Wende, der Beginn seines politischen Kampfes gegen die Infamie, sei es mit dem Pinsel, sei es mit der Waffe. Dieser Kampf hat schließlich Ripskys Leben entscheidend geprägt.

1956, während der Ungarn-Revolution, als die Rote Armee schon Richtung Budapest marschierte, tauchte der damals bereits auf seinem Landsitz „C´au Cueg" bei Pollensa auf Mallorca lebende Künstler plötzlich in Wien auf, mit einem riesigen amerikanischen Auto und einem braunen Lederkoffer. Einem Freund offenbarte er dessen Inhalt: ein halbes Dutzend funkelnagelneuer Maschinenpistolen, Munition und Handgränaten. „Mein Beitrag zum Kampf der Studenten in Budapest", erläuterte Ripsky unverschämt grinsend. „Ich werde das den Freunden wohl selber hinunterbringen und erklären müssen, da ihr hier in Wien seit eurem Staatsvertrag ja so neutral geworden seid, daß ihr es gerade noch wagt, Aspirin als Hilfsleistung zu spenden." Sprach´s, nahm seinen Koffer und fuhr los – so wie die Sowjets Richtung Budapest, nur von der anderen Seite.

Einmal noch trat er in Wien auf den Plan. 1959 fand in der österreichischen Hauptstadt ein kommunistisch gesponsertes „Welt-Jugendfestival" statt. Intellektuelle der freien Welt, Sozialisten, Konservative, Liberale, Künstler, Gewerkschafter und Journalisten organisierten eine Gegenveranstaltung. Plötzlich war auch Ripsky wieder mit von der Partie. Er gestaltete gar vorzüglich ein Plakat, das die Verwendung von Picassos Friedenstaube durch die KP-Festivalveranstalter karikierte. Es war Ripskys letzter Wiener Auftritt. Am Tag vor seiner Abreise saß er in der klaren Luft eines pannonischen Hochsommerabends mit Freunden auf einer Gartenterrasse hoch über den Grinzinger Weingärten. Man sprach über die erfolgreichen Bemühungen, das rote Festival in Richtung Friede und Freiheit umzudrehen. Es herrschte eine fröhliche, ausgelassene Stimmung, wie sie eben nach getaner Arbeit manchmal aufkommt. Mit jungem Wein stieß man an. Jemand sprach einen Toast aus. „Auf unsern Ripsky, der wieder einmal mitgeholfen hat, die Infamie zu zerstören!" Ripsky schüttelte lächelnd den Kopf. „Danke, aber trinken wir doch lieber auch auf diese Stadt, die uns soviel geschenkt hat, vielleicht auch ein bißchen Infamie; aber bestimmt noch mehr. Ohne den Geist dieser Stadt und die Kraft des Landes rundherum wären wir alle eingegangen in zwei Kriegen, in Bürgerkriegen und Wirtschaftskrisen. Und die siebzehn Jahre Besatzung waren auch nicht ohne. Ohne unseren eigenen, verrückten, oft aussichtslos scheinenden Glauben an das kleingewordene, aber in seinem Geiste und in unseren Herzen groß gebliebene Land hätten wir es nie geschafft. Ihr nicht hier in Österreich, und ich nicht draußen in der Welt in meinem so verrückten, so gottverdammt schönen Leben. Daher ein Toast to good old Austria. Cheers also, ihr geliebten Hosenscheißer! Cheers to the past!"

Elf Monate später ist Rudolf Charles von Ripper in der Nacht vom 8. auf den 9. Juni 1960 auf seinem Landsitz nahe dem Dorf Pollensa auf Mallorca gestorben. Geboren und aufgewachsen hinter grünen Jalousien.

Elfte Geschichte

DER OCHSENGARTNER ODYSSEE ERSTER TEIL

Hochwürden war seiner geistlichen Ausrichtung nach ein Karmeliterpater. Katechet wurde er erst viel später im Leben – mehr durch göttliche Fügung als durch seine eigene Entscheidung, hätte Pater Berthold wohl bescheiden, wie es seine Art war, hinzugefügt. Gebürtig war der Mönch aus Ochsengarten, einem hoch in einem Seitental gelegenen Weiler der Oberinntaler Gemeinde Haiming. Über Ochsengarten, dieses kleine Nest, das nicht einmal eine eigene Pfarre, sondern nur eine Kaplanei besitzt, ist kaum viel zu berichten. Es liegt im steilen Nedertal, etwa zwei Fußstunden oberhalb von Ötz. Zwei weitere Stunden Fußmarsches bergan liegt das ehemals kaiserliche Jagdschloß Kühtai. Genau in der Mitte zwischen Ötz und Kühtai, auf 1560 Meter Seehöhe befindet sich der Ochsengartner Ortskern, der Anno 1929, als unsere Geschichte beginnt, ein Kirchlein, das man auch als Kapelle bezeichnen könnte, ein winziges Gebäude für den Kaplan, das gleichzeitig als Gasthaus diente, und ein Holzhaus, in dessen einzigem Raum die achtklassige Volksschule untergebracht war, umfaßte.

„Scheiber" schreiben sich viele im Tiroler Oberland, häufig waren und sind sie Besitzer großer Höfe und bekannte Wirte. Aber zu denen hätten unseres Hochwürdens Vorfahren, die sich auch Scheiber schrieben, aber eben nach dem Hofnahmen „Kercher“ gerufen wurden, in keinster Weise gehört. Man darf mit bestem Gewissen sagen, daß die Ochsengartner Scheibers mit reichen Wirtsleuten oder großen Bauern, die 40 Stück Vieh oder mehr ihr eigen nannten, weder verwandt noch verschwägert sein konnten. Zu groß war der Unterschied in Besitzstand und Lebensweise. Dennoch hatte der kleine Kaspar, der sich erst viel später, bei seinem Eintritt in den altehrwürdigen Orden der Karmeliter, den Mönchsnamen Berthold aussuchte, als Zweitjüngster von acht Geschwistern (drei Buben, fünf Mädeln) hoch droben auf dem auf über 1700 Meter Seehöhe gelegenen Kercherhof unweit der Rotte Mareil eine freie, wenn auch arbeitsreiche Kindheit genossen.

Kaspars größte Freude war es, schon als er noch als ganz kleiner Bub am Hof herumwirbelte, wenn er in der winzigen Kirche zu Ochsengarten am Sonntag bei der Heiligen Messe ministrieren durfte. Eine gute Stunde lief er über die Bergwiesen hinunter ins enge Tal, wo Kirchlein, Kaplanei und Schulhaus nahe dem schäumenden Gletscherbach im Fichtenwald des Nedertales eingebettet lagen. Ochsengarten war damals und ist heute noch ein winziges Dörflein, kaum zwanzig Höfe kleben an den steilen Hängen des Faltengartens bis hinauf zur Baumgrenze. Dieser Berg erhebt sich zwischen der Fraktion Ochsengarten und Haiming. Nur ein vierstündiger Marsch auf einem schmalen Fußpfad führt hinunter ins Inntal zur vergleichsweise wohlhabenden Muttergemeinde Haiming und zum Petersberger Schloß samt althergebrachtem Gericht.

Der kleine Kaspar Scheiber besuchte die winzige Volksschule in Ochsengarten, wo alle Kinder, gleichgültig welchen Alters, in einem Raum von einem einzigen Lehrer unterrichtet wurden. Der Unterricht hat dem Kaspar schon sehr gepaßt, er war auch jahraus, jahrein der beste Schüler. Am allerliebsten hatte er die Religionsstunden, die nicht der Lehrer, sondern der Kaplan erteilte. Dieser Kaplan konnte so gut erzählen, daß man alles, was er berichtete, quasi miterlebte. Oft, wenn er von der strengen Bestrafung der Sünder sprach, bekam es Kaspar gehörig mit der Angst zu tun. Aber der Kaplan war ein liebenswerter und in all seiner Schlichtheit weitsichtiger Mann. Darum ließ er jede seiner Unterrichtsstunden mit einer guten und versöhnlichen Botschaft enden.

Der nämliche Kaplan, Johann Krukenhauser hieß er, hatte den Kaspar bald ins Herz geschlossen. Er wartete immer schon vor der Sonntagsmesse auf seinen Ministranten, der stets bloßfüßig vom elterlichen Hof heruntergelaufen kam. Nur in den schneereichen Wintermonaten gestatteten ihm die Eltern, an Sonntagen für die Heiligen Messe steife hohe Schuhe mit einer Holzsohle anzuziehen. Eines Tages schenkte der Kaplan Kaspar warme Filzpatschen, die man in Tirol Dockeln nennt. Diese Dockeln hatte er auf dem Markt in Imst, wo er anläßlich eines Diözesaneinkehrtages weilte, erworben, damit der Bub auf dem kalten steinernen Kirchenboden nicht immer so jämmerlich frieren müsse. Schon bald würde der Kaplan Gelegenheit haben, noch viel mehr – ja, wenn auch unbewußt, so doch ganz Entscheidendes – für seinen getreuen Kaspar zu tun.

Hoch über Ochsengarten, noch einmal zwei bis drei Stunden zu gehen, lag, wie gesagt, knapp unter der Paßhöhe zum Sellraintal das prächtige, aus der Renaissance oder von noch früher stammende Jagdschloß Kühtai. Dort hatte einst schon Kaiser Maximilian I. gejagt, und Leopold V. von Tirol, der letzte habsburgische Landesherr, der in Innsbruck regierte, ließ Kühtai um 1620 ausbauen, um seiner Gemahlin Claudia von Medici eine Freude zu machen. Kühtai war später als „Schwaighof", wo man vor allem, den reichen Viehbestand der Almen nützend, Käseprodukte aller Art erzeugte, im Besitz der Grafen Wolkenstein, eines alten Tiroler Geschlechts, das die ganze Silzer Herrschaft übernommen hatte. In der zweiten Hälfte des 19. Jahrhunderts wollte sich Kaiser Franz Joseph einen persönlichen Besitz in der Gefürsteten Grafschaft Tirol zulegen. Er erwarb von den gerade im wahrsten Sinn des Wortes mit ihrem Schloß abgebrannten Wolkensteinern die Herrschaft Silz im Inntal samt Schloß und Gericht Petersberg, sowie dazugehörig das riesige Alm- und Jagdgebiet von Kühtai. Der Kaiser ließ alle seine neu erworbenen Liegenschaften wieder picobello instand setzen, und auch Kühtai konnte seiner alten Tradition als höchstgelegenes Jagdschloß Tirols wieder nachkommen. Franz Josephs Tochter, Erzherzogin Valerie, die die Tiroler Besitzungen geerbt hatte, schenkte sie als köstliche und keineswegs zu verachtende Mitgift ihrer Tochter Hedwig, als diese im April 1918 den Grafen Bernhard zu Stolberg-Stolberg heiratete.

Die Stolbergs, die bald eine neunköpfige Kinderschar ihr eigen nannten, hielten sich in den folgenden

Jahrzehnten häufig in dem wieder voll bewirtschafteten Jagdschloß auf. Nun gab es in Kühtai auch eine uralte Kapelle, in der für die gräfliche Familie und für häufig anwesende Freunde und Gäste die Sonntagsmesse gelesen wurde. Dazu bat Graf Bernhard den Kaplan der Kirche „Maria Heimsuchung" in Ochsengarten, wenn dieser nicht zufällig gerade geistliche Herren zu Gast hatte, jeweils zum Messelesen herauf. Kaplan Johann Krukenhauser liebte diese Abwechslung. Er seinerseits war von großer Ehrfurcht für das gräfliche, zur Hälfte erzherzogliche Paar beseelt, gleichzeitig aber auch von einem erheblichen Mißtrauen, betreffend die Ministrantenfähigkeiten von dero hochgräflichen fünf Söhnen, erfüllt. Um die Heilige Messe in der wohl schon von weiland Seiner Apostolischen Majestät Kaiser Maximilian I., dem letzten Ritter der Christenheit, zur Andacht benutzten Kühtaier Kapelle ordentlich lesen zu können, brauchte er auch einen ordentlichen Ministranten. Einen, der rechtzeitig zur Wandlung sein Glöcklein läutete und nicht etwa, wie es bei einer der jungen Durchlauchten schon passiert war, mitten in der doch stets gehaltvollen Predigt einschlief und vom Betschemel herunterkollerte.

Daher ging Kaplan Krukenhauser stets mit seinem Kaspar hinauf nach Kühtai. Dort ministrierte dieser musterhaft und wurde dann regelmäßig, quasi als Beiwagerl des Kaplans, auch zum gemeinsamen gräflichen Familienfrühstück gebeten. Bei diesen Anlässen wiederum fiel der Kaspar ihrer Kaiserlichen Hoheit, der Gräfin Hedwig, durch gesetzte Rede und kluge Antworten höchst angenehm auf. Bei passender Gelegenheit nahm sie daher, bevor sich das Ochsengartner Paar, mit geräuchertem Schinken, ebensolchen Würsten und Wildbret reich beschenkt, wieder an den Abstieg machte, den vor Aufregung schwitzenden Kaplan zur Seite. Sie frug ihn über diesen netten Bauernbuben Kaspar aus, der ein so helles Köpfchen zu haben schien.

Krukenhauser berichtete eifrig, der Knabe sei der beste Schüler weit und breit, er werde nächstes Jahr die achtklassige Volksschule vierzehnjährig abschließen. Sein Vater, der Kercherbauer, sei zwar hochanständig und arbeitsam, aber wie alle Leute in Ochsengarten und – der Kaplan fügte es ein bißchen bitter resignierend hinzu – wohl im ganzen Nordtiroler Oberland, bettelarm. Kaspar werde daher, wenn kein Wunder geschehe und es ihm vielleicht mit viel Protektion von einem Onkel, der im Gemeinderat in Haiming säße, gelingen könnte, bei der Post oder bei der Gendarmerie unterzukommen (aber auch die wollten jetzt in der Krise nur noch absolvierte Bürgerschüler), kaum eine Chance haben, seinem Schicksal zu entgehen: Genauso wie seine Geschwister würde er als Knecht, id est als nicht entlohnter landwirtschaftlicher Hilfsarbeiter, allerdings mit Kost, Quartier und Bekleidung versorgt, am väterlichen Hof sein mühsames Bergbauernleben verbringen und beenden. Die Gräfin hatte dem Kaplan sehr aufmerksam zugehört. „Ja, das wäre schon ein Jammer, bei diesem gescheiten und netten Buben", meinte sie dann. Sie würde sehen, ob man da nicht etwas machen könne. So geschehen im Jahre 1929. Kaspar war dreizehn Jahre alt.

Sechs Monate später brachte die Botenfrau aus Ötz dem Kaplan Krukenhauser einen Brief. Post oder gar

Telegraph und Telephon waren im Ochsengarten jener Jahre ebenso nur vom Hörensagen bekannt wie etwa elektrischer Strom oder ein Automobil. Der Brief – der Ötzer Pfarrer hatte ihn der Botenfrau mitgegeben – enthielt wichtige Nachrichten. Kaspar Scheiber, vulgo Kercher Kaspar, solle sich im Juni nach erfolgreichem Abschluß der achten Klasse Volksschule beim Pater Regens des Franziskanergymnasiums Leopoldinum im Solbad Hall in Tirol zwecks Ablegung einer Extra-Aufnahmeprüfung melden, die ihn sodann zum Eintritt in die fünfte Klasse des humanistischen Gymnasiums berechtigen werde. So schrieb die Gräfin Stolberg dem Ochsengartner Kaplan. Bei Erfolg der für den Herbst vorgesehenen Prüfung, auf die er sich entsprechend vorbereiten müsse, werde er ein Vollstipendium bis zur Matura einschließlich Internat erhalten. Wenn Kaspar in Hall sei, möge er sich doch im Stolbergschen Palais melden, er könne dort auch übernachten. Das Fahrgeld lege sie mit lieben Grüßen bei. Der Kaplan war ganz außer sich vor Glück, lief hinunter zur Schulklasse, holte sich den Kaspar heraus und las ihm den Brief vor. Für den Buben öffnete sich der Himmel.

Nach der Schule rannte er die Bergwiesen zum Kercherhof fast so schnell wie ein junger Gamsbock hinauf und schaffte es in einer, statt normal in über zwei Stunden. Der staunenden Familie las er, während das „Melcher-Muas", eine beliebte Hauptspeise, in der Pfanne auf dem offenen Feuer brutzelte, den Brief Wort für Wort vor, damit auch jeder und jede auf dem Kercherhof, in 1750 Meter Seehöhe mit Blick auf den stets schneebedeckten Gipfel des Zwölferkogels, seinen Inhalt verstehen könne. Langsam begriffen die vierzehn Scheibers, die da vom Großvater über die eigenen bis hin zu den G´schwisterkindern beieinanderhockten, daß der Kaspar vom Herrgott und von der erlauchtigsten Frau Gräfin im frommen Einvernehmen die niemals auch nur erhoffte Möglichkeit erhalten habe, aus der ewigen Fron des Bergbauerndaseins auszubrechen und in die weite Welt hinauszugehen. „Das letzte Mal“, meinte der Großvater, „als Manderleut vom Hof weg´gangen sind, war Anno 1914. Da gingen sie in den Krieg mit den Kaiserjägern nach Polen oder, wie es geheißen hat, Galizien. Drei Buben haben´s mit der Zeit vom Hof einberufen.“ Nur zwei seien überhaupt zurückgekommen, der eine, des Bauern jüngster Bruder, kam nur noch mit einem Bein in Ochsengarten an. Das andere hatte ein Kosakensäbel abgeschnitten. So konnte er nicht mehr auf den Berg heraufgehen. Jetzt sei er in der Militärinvalidenanstalt in Telfs wenigstens so weit versorgt. „Sei nicht so griesgrämig, Großvater! Diesmal ist das alles anders“, rief die Mutter, während ihr die Tränen des Glücks fast so schnell wie das winzige Bacherl am Hang des Acherkogels die Wangen herunterliefen.

„Diesmal ist Friede, der Kaspar kann alles lernen, was gut ist, und wird´s sicher zu was bringen. Vielleicht wird er Advokat oder ein Doktor im großen Spital in Innsbruck oder, wenn es der Herrgott so haben will, wird er sogar ein geistlicher Herr.“ – „Ja!“ schrie der jüngste Bub, der Ursl. „Dann wird er bald Pfarrer in Ötz und wir gehen zu ihm beichten. Er darf kein Wort weitererzählen und muß uns alle lossprechen, auch von die ganz schweren Sünden.“ Der Bauer meinte, man solle abwarten, besonders weil ja keiner die ganz schweren Sünden genau kenne. Da aber stand der Kaspar ganz kerzengrad auf und ratterte die sieben Todsünden nur so herunter. Worauf der Kercherbauer eine Flasche aus dem geschnitzten Kasten neben dem Herrgottswinkel nahm und dem Kaspar den ersten Obstler seines Lebens einschenkte. „Daß d´ was Tüchtiges wirst, draußen, und uns keine Schand´ machst!" Der Bauer stieß mit seinem Sohn an. Dann stellte er das Schnapsglasel beiseite und rief der Familie zu: „Jetzt is aber Schluß mit dem Feiern. Das Heu auf den Wiesen hinauf zum Falkengarten ist trocken. Das muß noch in die Heuschober, bevor das Gewitter kommt, ´s steht schon über da Finstertaler Scharten und beim Kraspes." Die Familie stob auseinander, Kaspar verteilte die großen geflochtenen Tragkörbe, und alle stiegen hurtig die steilen Wiesen hinan.

Der Scheiber-Kaspar, wie er im Leopoldinum in Hall dann allenthalben genannt wurde, absolvierte sogar mit vieler Mühe die Aufnahemprüfungen, auch die für ihn besonders schwere in Latein, wo ihm wenigstens das Kirchenlatein vom Ministrieren her ein bißchen half. Noch schwieriger war Altgriechisch, weil er auch noch eine neue Schrift lernen mußte. Schließlich aber bestand er zum allgemeinen Erstaunen der Prüfungskommission sogar dieses Examen. Dann absolvierte er die vier Klassen der Oberstufe des vorzüglichen Franziskanergymnasiums, war glücklich im für Priesteramtskandidaten reservierten Internat und konnte in den endlos langen Sommerferien oben am heimatlichen Hof aushelfen. Da er Vorzugsschüler blieb, lief das Stipendium weiter – bis zum Frühjahr 1934, als Kaspar, wieder mit Auszeichnung, maturierte.

Ansonsten war in den vier Jahren nicht viel passiert – außer einer kleinen Begebenheit. Diese trug sich bei einem Ausflug mit Internatskollegen der siebten Klasse nach Innsbruck zu. Sie besuchten, mit verbilligten Studentenkarten die als etwas verrucht geltenden Pradler Ritterspiele, eine berühmte Stegreifbühne in Innsbruck, lachten etwas unsicher über die schlüpfrigen Witze, tranken ein Bier, wohl noch eins und gar ein drittes. Dann sagte ein Osttiroler Stipendiat aus Innervillgraten: „Nebenan ist ein Puff, probieren wir es einmal aus!" Der Osttiroler war schon einmal fast dort gewesen, nur standen damals auf der Straße vor dem Bordelleingang die Eltern eines Kollegen, und er hatte Reißaus genommen. Kaspar wollte eigentlich nicht, sagte als Ausrede, er habe kein Geld mehr, worauf er vom Mühlbacher Sepp, dem Sohn eines reichen Wirtes aus dem unteren Vintschgau, prompt eingeladen wurde.

Jetzt abhauen wäre feig, dachte Kaspar, um so mehr, als die drei Biere ihn schon recht mutig gemacht hatten. Es war erst sechs Uhr, und ihr Ausgang endete samstags ausnahmsweise erst um zehn. Also ging er mit. Das Bordell befand sich in einem eher unscheinbaren Haus, in der Halle saß eine ältere, stark geschminkte Frau hinter der Budel. Diese Frau erinnerte Kaspar absurderweise an die Pfarrersköchin von Silz. Nein, dachte er, mit der nicht!, wurde aber sofort aufgeklärt, daß dies nur die „Puff-Madame", eine Art Kassierin sei. Sie gingen dann etwas unsicher weiter in einen wohnzimmerähnlichen Aufenthaltsraum, dort saßen wie die Schwalben etliche recht fesche Mädchen in extrem lockerer Kleidung an einer Theke. Eine schlug vor, etwas zu trinken zu bestellen. Der Mühlbacher Sepp ließ einen Schampus österreichischer Erzeugung springen, und die Stimmung kam in Schwung. Eine üppige Blondine hatte mit Kaspar angebandelt, der sich nicht sehr wohl bei der Sache fühlte, aber als sie vorschlug, doch „hinauf" zu gehen, nur verlegen nicken konnte.

Im letzten Moment blieb Kaspar seine erste eindeutige Todsünde erspart. Die Blondine hatte ihn schon bei der Hand genommen, um mit ihm eine Stiege hinaufzusteigen, als jemand laut lachend, eindeutig angetrunken und von einer offenbar temperamentvollen schwarzhaarigen Dame gestützt, besagte Treppe herunterpolterte. Die Leopoldinums-Zöglinge blickten die Treppe hinauf und erstarrten. Der kräftige große Mann mit dem feschen Schnurrbart blickte selbige Treppe hinunter und erstarrte ebenfalls. Das Lachen blieb ihm im Rachen stecken, als er die Burschen sah. Es handelte sich um den Turnlehrer des Franziskanergymnasiums, August K., damals das einzige Mitglied des Lehrkörpers, das nicht dem geistlichen Stande angehörte. August K. war zwar betrunken, wußte aber, daß seine Anstellung auf dem Spiel stand und er schnell reagieren und die Kurve geschickt nehmen müsse: „Ihr Falotten! Hab ich euch doch noch erwischt! Hab´ schon oben mit Hilfe dieser…", etwas stockend auf die temperamentvolle Schwarzhaarige hinweisend, „…dieser Aufsichtsperson alle Zimmer nach euch durchsucht. Man weiß ja schließlich, wo man Früchterln wie euch bei verbotener Tat ertappen kann. Alsdann, weil morgen Herzjesu-Sonntag ist, will ich Gnade vor Recht ergehen lassen. Schaut´s, daß weiter kommt´s!" In diesem schon fast alles gerettet zu haben scheinenden Augenblick verlor August K. allerdings das Gleichgewicht; er rutschte, langsam am üppigen Busen und am Samtrock seiner Aufsichtsperson hinabgleitend, auf die unterste Stufe der Treppe. „Hinaus mit euch, ihr vermaledeiten Lausbuben!" grölte er noch, um sodann ohne jedes Zwischenspiel friedlich schnarchend hinwegzudämmern. Die Buben waren schon bei der Tür draußen, der Mühlbacher Sepp hatte noch schnell die Rechnung beglichen, und zehn Minuten später saßen die jungen Helden bereits in der Haller Tram. Der an diesem Abend im Leopoldinum Aufsicht habende Pater Damian war ganz erstaunt über die verfrüht heimkehrende Gruppe. „Ja hat´s euch denn nicht gefallen am Wiltener Kirtag? Die haben doch immer so lustige Ringelspiele und jetzt sogar eine Geisterbahn." Die Burschen murmelten verlegen, es seien so viele Leute dort gewesen und sie hätten sich daher entschlossen, lieber noch rechtzeitig zur Abendmesse heimzukehren. Pater Damian schlug Kaspar, den er besonders mochte, freundlich auf die Schulter. „Ich hab´ ja gewußt, auf dich ist Verlaß, dir kann man die Bande ruhig anvertrauen."

Alles war noch einmal gutgegangen. Ohne die Notwendigkeit irgendeiner Absprache schwiegen alle Beteiligten, insbesondere natürlich auch der Turnlehrer August K., über das ebenso schmachvolle wie blamable Erlebnis. Nur Kaspar schämte sich fast zu Tode. Er beschloß, am nächsten Tag beichten zu gehen, allerdings bestimmt nicht zu Pater Damian.

Zwölfte Geschichte

DER OCHSENGARTNER ODYSSEE ZWEITER TEIL

Pater Berthold, frischgebackener Karmeliter-Mönch, hatte zum ersten und – wenn er sich die strengen Regeln des Karmeliter-Ordens vor Augen hielt – voraussichtlich auch zum letzten Mal in seinem irdischen Dasein einen Urlaub vom Ordensleben erhalten. Es würde allerdings wohl eine lange Abwesenheit werden, länger, als jeder Urlaub sein konnte. Denn trotz Theologiestudium, Priesterweihe und Eintritt in den Karmeliter-Orden ließ es sich die Deutsche Wehrmacht bald nach dem Anschluß 1938 nicht nehmen, Pater Berthold für den Wehrdienst zu mustern. In den Militärakten gab es natürlich gar keinen Pater Berthold, sondern lediglich den Kaspar Scheiber, geboren 1916 in der Fraktion Ochsengarten der Gemeinde Haiming, Bezirksgericht Silz-Petersberg, Bauernsohn und absolvierter Theologiestudent, zuletzt Ordenspriester. Das soll uns jedoch in dieser Geschichte nicht hindern, unsern Helden fortan bei jenem Namen zu nennen, den er sich, als er dem Karmeliter-Orden beitrat, selbst ausgesucht hatte, nämlich Pater Berthold.

Dieser Berthold sollte nun baldmöglichst zum Dienst für Führer, Volk und Vaterland einberufen werden. Das Wehrbezirkskommando in Innsbruck hatte ihn für tauglich erklärt und ihm mitgeteilt, daß mit seiner Einberufung zum Gebirgsjägerersatzbataillon in Kufstein noch im Spätsommer 1938 zu rechnen sei. Dem Pfäfflein wird es nicht schaden, bei der Ausbildung ein wenig in Trab gehalten zu werden, Wilder Kaiser rauf, Wilder Kaiser runter – so mochte der Oberfeldwebel aus dem „Altreich", nicht gerade ein Pfaffenfreund, gedacht haben, als er den jungen Mönch zu einer Elitetruppenausbildung schickte. Der Berufsunteroffizier im Feldwebelrang aus dem sächsischen Radebeul konnte allerdings nicht ahnen, daß der vor ihm stramm stehende schüchterne Mann in seinem jungen Leben schon auf mehr hohen Bergen herumgeklettert war, als es ein Durchschnittsgebirgsjäger in seiner ganzen Dienstzeit tun würde. Diese Fehlüberlegung des Radebeuler Feldwebels sollte dem Pater Berthold das Überleben im Kriege und die Heimkehr aus demselben ermöglichen.

Mit dem Wehrmachtsbescheid reiste der zukünftige Soldat zurück in sein Karmeliterkloster, wo ihm empfohlen wurde, gleich jetzt den schon erwähnten Urlaub von einer Woche anzutreten, um sich von seiner Familie verabschieden zu können. Er ließ sich das nicht zweimal sagen, erhielt das Fahrgeld dritter Klasse Personenzug bis Ötztal und retour und beeilte sich, nach Hause zu kommen.

Am letzten Tag seines Urlaubs beschloß Berthold, den herrlichen Morgen zu nutzen und vom väterlichen Hof in Ochsengarten den etwa 2850 Meter hohen Birchkogel, den bekanntesten Aussichtsberg der Gegend, zu besteigen. Nach drei Stunden war er, schnell ausschreitend und außer ein paar laute Warnpfiffe ausstoßenden Murmeltieren und tief unter sich auf den Almen weidendem Vieh keinem Lebewesen begegnend, am Gipfel angelangt. Der Blick war überwältigend. Auf der einen Seite das ganze Inntal mit den scharfen Spitzen der nördlichen Kalkalpen dahinter, auf der anderen Seite der Alpenhauptkamm, vom mächtigen Großglockner ganz im Osten bis zu den im westlichen Morgendunst verschwimmenden Rätischen Alpen. Und direkt vor seiner Nase die Berge und Gletscher seiner Bubenzeit, vom Zuckerhütl über den Lüsenzer Ferner bis zu den von der Wildspitze gekrönten Gipfeln der Ötztaler Alpen.

Der Mönch setzte sich aufs Felsenmoos und lehnte sich an das Gipfelkreuz. Vielleicht war es die Erinnerung an die Stille seiner heimischen Bergwelt gewesen, die ihn dazu veranlaßt hatte, einem strengen, stets fastenden, fast immer schweigenden, persönliches Eigentum ausschließenden, Tag und Nacht entweder betenden oder Handarbeit verrichtenden Orden beizutreten. Er hoffte, es würde ihm gelingen, zu jener Ruhe in seinem Gott zu finden, die er schon als zehnjähriger Hüterbub empfunden hatte, wenn er viele Wochen allein mit einem tauben Almerer hoch über der Stockacher Alm das Vieh hütete, molk, in Gräben und oft an Abgründen nach ihm suchte, es wiederfand und heimführte in die Sicherheit der Herde und des Stalls. Vielleicht durfte er nun hoffen, als Menschenhirte verlaufene Schäflein der Kirche in Sicherheit bringen zu können.

Oben am Birchkogel stellte sich Berthold vor, daß der Ordensgründer der Karmeliter, Berthold, aus Kalabrien kommend, im 12. Jahrhundert auf dem Berge Karmel im Heiligen Lande seine Aufgabe auch so gesehen haben könnte. Zuerst lebte dieser Mann durch

Jahrzehnte als Einsiedler, um dann mit anderen einsamen Männern am heiligen Berg des Propheten Elias den Karmeliter-Orden zu gründen. Diese Gründung soll der keusche und fastende Einsiedlermönch Berthold im Alter von 115 Jahren vollzogen haben, was zweifellos gewisse Rückschlüsse zuläßt: Wenn du keusch bist und fastest, wirst du lange leben. Die Regeln für den neuen Orden schrieb der Patriarch Albrecht im Jahr 1209 in Jerusalem nieder. Papst Honorius III. bestätigte sie schon 1226. Kurz darauf wurden die Karmeliter von den Sarazenen aus dem Heiligen Land vertrieben, verbreiteten sich jedoch bald über weite Teile Europas.

Unser junger Pater Berthold hatte 1934 nach der Matura das Priesterseminar in Brixen in Südtirol besucht, zu dessen Diözese nach 1918 und damit nach der Teilung des Landes am Brenner durch den Friedensvertrag von St. Germain auch ein Teil Nordtirols noch jahrzehntelang gehörte. Dort war ihm erstmals der Gedanke gekommen, sich einem Orden anzuschließen. In Padua, wo er Theologie studierte, fiel dann nach langen Diskussionen mit einem seiner Lehrer die Entscheidung für die Karmeliter. „Wenn du Bridge spielen willst, geh zu den Benediktinern, wenn du scharf denken willst, zu den Jesuiten. Wenn das überzeugende Predigen deine Sache werden soll, geh zu den Dominikanern. Willst du aus ganzem Herzen Gutes tun, schließ dich den Franziskanern an. Aber wenn du, auf dich allein gestellt, deinem Gott hart und ganz dienen willst, dann, junger Freund, bemühe dich, bei den Karmelitern Aufnahme zu finden." Dies hatte ihm der weise Professor, in Padua, selber übrigens Benediktiner, einst als Resümee eines langen Spaziergangs im Kreuzgang jenes Palazzo, in dem die theologische Fakultät untergebracht war, geraten. Und so geschah es dann auch.

Auf dem Heimweg von seiner Tour auf den Birchkogel machte Berthold einen Umweg und stattete der Kühtaier Kapelle, der er ja schließlich per saldo alles verdankte, einen Besuch ab. Der Verwalter gab ihm den Schlüssel zum kleinen Gotteshaus und erzählte ihm, daß die neuen Nazi-Herren den Grafen Stolberg sofort verhaftet und ihm übel mitgespielt hätten. Auch die Gräfin Hedwig als Enkelin Kaiser Franz Josephs sei Heimsuchungen schlimmer Art ausgesetzt. Berthold nahm in der alten geschnitzten Stube des Kühtaier Schlosses Platz, wo er als Ministranten-Bub so viele köstliche Gugelhupfe und reich belegte Speckbrote verzehrt hatte, und schrieb an seine Wohltäterin einige dankbare und mitfühlende Zeilen. Der Verwalter würde sie ihr auf sicherem Wege zukommen lassen. Am nächsten Tag kehrte er in das Karmeliter-Kloster zurück und bezog die ihm zugewiesene Zelle. Berthold begann sein langerträumtes Mönchsleben, es sollte aber zu seinem Leidwesen vorerst nicht allzu lange dauern. Schon drei Monate später erhielt er die Einberufung zur Wehrmacht.

Über fünf Jahre stand Pater Berthold als Soldat nun bereits im Feld. Der Krieg war alt geworden. Obwohl man das ganz oben am Polarkreis eigentlich nur daran merkte, daß weit und breit keine deutschen Abfangjäger mehr zu sehen und die alliierten Flieger daher leichter in der Lage waren, die entlang der Küste Norwegens dampfenden deutschen Versorgungsschiffe zu versenken. Berthold schob Wache an der Murmanskfront, nordöstlich von Narvik. Überall in Europa und ursprünglich auch in Nordafrika waren die deutschen Fronten seit Ende 1942 ständig in Richtung Heimat zurückgefallen. Jetzt standen die Armeen der Hitler bekämpfenden Allianz schon am Rhein, in der Emilia, in Westungarn, Oberschlesien und bei Königsberg. Nur hier oben, in Nordnorwegen und der Finnmark wollte es nicht klappen. Der Iwan hatte offenbar als Ziele lohnender Offensiven eher Berlin und Wien im Auge. Auch die Westalliierten waren zwar mit Erfolg in Italien und Frankreich gelandet, aber die skandinavische Küste schien sie nicht im geringsten zu interessieren.

In den Wäldern und Eisfeldern Nordnorwegens und des Polarkreises hatte die Wehrmachtsführung vorzüglich Gebirgsjägerdivisionen, sofern sie den Kaukasus-Feldzug überlebt hatten, eingesetzt. So stapfte also auch Berthold, in der Zwischenzeit Obergefreiter, brav durch den Schnee. Er dankte seinem Hergott immer wieder, daß ihm, weil politisch unzuverlässiger Ordensgeistlicher, selbst der Rang eines Unteroffiziers erspart geblieben war. Denn als solcher hätte er anderen Kameraden Befehle geben müssen. Ansonsten war er weit herumgekommen in diesem Krieg, bis es ihn während des Rückzuges vom Elbrus Anfang 1943 am linken Bein erwischt hatte. Nicht sehr schlimm, aber es reichte für ein leichtes Hinken, das Eiserne Kreuz II. Klasse, die Nahkampfspange und das Verwundetenabzeichen. Dem „Mönchlein“, wie ihn die abgebrühten Landser schon lange liebevoll nannten, weil er stets bereit war, für andere

Wache zu schieben, auch bei 30 Grad minus viele Kilometer durch den Schnee zu einem sterbenden Kameraden zu laufen, um ihm die letzten Sakramente zu spenden, war schließlich auch noch die Achtung der Kameraden als Soldat zuteil geworden. Berthold hatte damals immer wahrheitsgemäß gesagt, er habe doch nur ein Dutzend Schwerverwundete decken müssen, als der Iwan plötzlich angriff; es sei ihm nichts anderes übrig geblieben als zurückzuschießen, sonst wären ihm seine lädierten Kameraden abhanden gekommen.

„Schon gut, oller Pastor!" kommentierte Gert Jonker, ein Kieler Marinemaat, der mangels noch vorhandener deutscher Kriegsschiffe jetzt mit den Gebirgsjägern und daher auch mit Berthold auf einem Gebirgskamm zwischen Tromsö und der relativ nahen schwedischen Grenze eingesetzt war, dessen Bericht. „Beim Heldentod hast du ja ohnedies ein besseres Handicap als wir." Berthold grinste und schob dem Schleswig-Holsteiner Marineur, der auch schon längst den Führer und den ganzen Krieg zum Teufel wünschte, eine Zigarette zu – für ihn als Nichtraucher kein Opfer. Prompt bot ihm Jonker eine Rippe Schokolade an. Beide kicherten zufrieden, als es losging. Die Russkis mußten seit neuestem eine tolle Tarnkleidung haben und offenbar eine Art Schneereifen benützen. Mit dem Zeug hatten sie sich doch glatt bis auf dreißig Meter angenähert, ohne daß die beiden einsamen und kriegsmüden Wachposten zwischen dem Eismeer und der Ewigkeit irgend etwas mitbekommen hatten.

Berthold fluchte – gegen jede Karmeliterregel – in seinen Zehntagebart. (Irgendein Etappenhengst hatte ihm, während er Wache schob, sein Rasiermesser geklaut, noch dazu mit Humor. „Nehmen ist besser als geben – Vergelt´s Gott, Hochwürden!“ stand auf einem Zettel, der bei seinem Waschzeug lag.) Wieso konnten die Russen plötzlich da sein? Die Rote Armee war doch angeblich in Richtung Nordfinnland abgeschwenkt und sollte mindestens fünfzig oder mehr Kilometer entfernt sein. Aber der gutgetarnte Haufen kam immer näher, Jonker und Berthold versuchten, die Angreifer mit ihren Maschinenpistolen auf Respektabstand zu halten. Gleichzeitig feuerten sie in die frühe Dunkelheit Leuchtspurmunition, als Hilfesignal an die eigenen Leute in der Stellung, die ja nur einen Kilometer zurücklag.

Aber es klappte nicht. Wenige Minuten später fanden sich der Kieler und der Ochsengartner von etwa zwölf oder fünfzehn vermummten Gestalten, mit Puschkas aller Art in den Händen, umringt. In hoffnungsloser Lage. Denn da oben in der Unendlichkeit der Tundra und der Berge hatte man auf beiden Seiten schon lange aufgehört, sich irgendwelche Mühe mit Gefangenen zu machen. Sie hoben die Hände, zuerst waren die Waffen weg, dann die Uhren. Der bärtige Anführer der roten Armeepatrouille, nach der Uniform zu schließen offenbar ein Offizier, griff nach Bertholds umgehängtem Brotsack, in dem sich das einzige befand, das er jetzt, wo´s wohl ans Sterben ging, wirklich brauchen würde, nämlich sein Brevier. In seiner Verzweiflung wußte der junge Mönch nicht, was er tat. Ganz unvermittelt holte er aus und gab dem Sowjetoffizier eine kräftige Tiroler Watschen. Und dann gleich noch eine. Eine Sekunde darauf spürte er einen scharfen Schmerz am Hinterkopf und verlor das Bewußtsein. Später stellte sich heraus, daß ein Iwan seinen Spaten auf Bertholds Stahlhelm zerschmettert hatte.

Als er wieder erwachte, sah er den bärtigen Offizier der Roten Armee über sich, mit seiner geöffneten Brottasche und einem Buch, natürlich seinem Brevier, in der Hand. Berthold erhob sich, zwei Russen hielten ihn fest. Der Bärtige warf einen Blick in das Buch, trat zurück, grüßte und sagte in recht gutem Deutsch: „Sind Sie katholischer Priester?" – „Ja", antwortete Berthold und überlegte: Wenn ich Glück habe, ist das ein atheistischer Politkommissar, der mich wenigstens gleich umlegt. – Falsch geraten, Mönchlein! Und: Zuwenig Vertrauen in die göttliche Vorsehung. Nach den Watschen kam das Wunder. Denn der Iwan streckte plötzlich beide Arme aus, ging auf den überraschten Berthold zu und umarmte ihn mit Tränen in den Augen. „Ich bin auch geweihter Priester der mit den Katholiken unierten ukrainischen Kirche." Jonker flüsterte Berthold zu, man müsse aufpassen, irgendwie sei das Ganze vielleicht eine Falle. Ein geweihter Priester könne schließlich nicht Hauptmann der Roten Armee sein. Auch Berthold hatte mit Verwunderung die Epauletten auf den Schultern des Bärtigen gesehen.

Aber alles klärte sich auf. Die angebliche Patrouille bestand ausschließlich aus Flüchtlingen, die aus einem der berüchtigten sowjetischen Strafarbeitslager am Polarkreis ausgebrochen waren. Sie waren schon vor vier Monaten nach langen Vorbereitungen geflüchtet, hatten ihre Bewacher bei einem Arbeitseinsatz außerhalb des Lagers erschlagen und sich durch die Tundra und die Wälder Richtung Südwesten durchgekämpft. Etwa die Hälfte von ihnen war dabei draufgegangen. Die Überlebenden waren vor allem Ukrainer aus dem ehemals polnischen Galizien, etliche polnische Offiziere, die Katyn überstanden hatten, sowie ein paar russische Gulag-Häftlinge. Ihr Ziel war Schweden. „Dort wollen wir natürlich auch hin", erklärte der dieses polare Wunder nun klar erfassende und unendlich erleichterte Karmeliter seinem Amtsbruder in Christo.

Er berichtete ihm dann aber auch über die ihm bekannte Lage und über die bedauerliche Vermutung, daß die Schweden alle die Grenze mit Bitte um Asyl überschreiten wollenden deutschen Soldaten prompt an die Wehrmachtskommandeure in Norwegen oder Dänemark auslieferten. Diese würden sie dann logischerweise sofort wegen Fahnenflucht hinrichten. Es sei zu befürchten, daß die Schweden Ähnliches auch mit geflüchteten Sowjetbürgern tun würden. Berthold und Jonker beschlossen nach kurzen Überlegungen, sich der, wie sie sich mit erstaunlicher Selbstironie nannte, „Intourist-Reisegruppe" anzuschließen. Diese hatte sich in den Bergen ein kleines, aber geschütztes Lager gebaut. Deutsche kämen kaum mehr in das Niemandsland oben im Norden. Die Rote Armee war auch noch weit weg. Berthold und Jonker mußten in Anbetracht der Kriegslage damit rechnen, in den nächsten Wochen oder Monaten in sowjetische (Überlebenschancen recht gering) oder in britische Gefangenschaft zu geraten. Beides würde im günstigsten Fall noch Jahre hinter dem Stacheldraht eines Kriegsgefangenenlagers bedeuten. Da schien es besser, bis zum Kriegsende im Camp der neuen Freunde auszuharren und dann doch nach Schweden zu gehen. Dort würden man nach Kriegsende ja wohl bald nach Hause geschickt werden, weil es dann keine Wehrmacht mehr geben werde. Und die Flüchtlinge aus dem Gulag würden nach der Kapitulation eine viel bessere Chance haben, Asyl gewährt zu bekommen.

Dementsprechend fiel die Entscheidung aus. Die recht international besetzte Gruppe überlebte die folgenden Wintermonate besser, als zu erwarten gewesen war. Sie waren allein auf weiter Flur, schossen sich, was sie zum Essen an Wild brauchten, und holten sich hier und da aus dem nahen Meer Fischrationen. Einer der Gulag-Russen, ein Physiker reparierte ein kaputtes Radio, und so konnten sie am 8. Mai die Nachricht von der bedingungslosen Kapitulation über Funk hören. Aus Vorsicht warteten sie noch einige Wochen und überschritten dann ohne größere Schwierigkeiten die schwedische Grenze.

Berthold und sein ukrainischer Kollege fanden bald über die Nuntiatur in Stockholm Kontakt zu einer katholischen Hilfsorganisation. Der Ukrainer wurde von einem exilierten Bischof seiner Kirche nach Rom eingeladen, erhielt für die Reise einen Nansen-Paß und dampfte ab. Berthold bekam einen Brief vom Österreichischen Hilfskomitee in Schweden. Er wurde freundlich willkommen geheißen, man legte auch gleich eine Fahrkarte nach Stockholm bei und lud ihn ein, dort unterzuschlüpfen, bis man für seinen Transport sorgen konnte. Der sehr nette und hilfsbereite Brief war übrigens von einem gewissen Dr. Bruno Kreisky, dem Vorsitzenden des Hilfskomitees, unterschrieben. Im Herbst des Jahres 1945 kam Pater Berthold dann mit einem Heimkehrertransport in Wien an.

Von Tirol und seinem Stammkloster trennten den jetzt 29jährigen Mönch allerdings etliche, schier unüberwindliche Zonengrenzen. Also wurde er dem Karmeliterkloster in Wien Döbling zugeteilt. Kurz darauf erreichte die Karmeliter in der Silbergasse ein Ersuchen der Döblinger Pfarre und des Wiener Stadtschulrates, wonach man für die Wiedereröffnung des normalen Schulbetriebes noch dringend einen Katecheten für eine benachbarte Volksschule benötige. Die Klosteroberen wandten sich an Pater Berthold. Dieser dachte sich, es werde ohnedies noch eine Zeitlang dauern, bis er sich wieder an die Regel des Schweigens gewöhnen würde, und stimmte mit Freude zu. In der Volksschule flogen dem Tiroler Karmeliter, der allerorts, wenn auch formell nicht ganz korrekt, „Hochwürden Katechet" angesprochen wurde, bald die Herzen der Kinder zu, weil er so gut erzählen konnte. „Komisch", sagte die Frau Direktor der Schule, „ich habe immer geglaubt, die Karmeliter sind ein Schweigeorden, und jetzt redet der Pater Berthold wie ein Wasserfall."

Kurz nach seiner Ankunft in Wien bekam Berthold einen merkwürdigen Zellennachbarn. Polnischer Karmeliter, hochgebildeter Intellektueller und ehemals Professor an der theologischen Fakultät in Krakau, hatte Pater Rochus Quaschnitzky ein trauriges Schicksal hinter sich. Die Nazis hatten ihn nach der Besetzung Polens in ein KZ eingeliefert. Weil er dort verbotenerweise auf deutsch und polnisch predigte, hatten sie ihm die Zunge herausgeschnitten. Er brauchte Jahre, bis er sich wenigstens ein Minimum an Sprache aneignen konnte. Als er endlich wieder ein bißchen reden konnte, lösten die polnischen Kommunisten die Nazis ab und steckten ihn neuerlich in ein Konzentrationslager, zuvorkommenderweise zur Abwechslung in ein anderes als sein ehemaliges Nazilager. Das war Pater Rochus zu viel! Er floh nach Österreich und wurde dort von seinen Ordensbrüdern herzlichst aufgenommen. Pater Rochus wollte nun, nach langen Jahren der Isolation im Lager, Konstruktives tun. Meditieren allein genügte ihm nicht mehr.

Pater Berthold erfuhr aus Ochsengarten, daß sein alter Kaplan Johannes Krukenhauser gestorben und die Kaplanei daher verwaist sei. In der Innsbrucker Bischofskanzlei sagte man der vorsprechenden Ochsengartner Delegation, die um einen neuen Kaplan bat, es herrsche ein furchtbarer Priestermangel, man könne leider keinerlei Hoffnungen machen. Die Ochsengartner sollten sich daher selber um einen Kaplan bemühen. Also schrieben die Ochsengartner an den einzigen Geistlichen, den das Dorf hervorgebracht hatte, an den Pater Berthold, von dessen wundersamer Heimkehr sie natürlich längst erfahren hatten. Dieser schnupperte sofort die Chance auf ein weiteres Wunder, sprach lange mit Pater Rochus Quaschnitzky, der über die Möglichkeit, als Seelsorger tätig sein zu dürfen, ganz glücklich und begeistert war, wenn er mangels Zunge dieser Freude auch nur in kurzen, nicht immer leicht verständlichen Sätzen Ausdruck geben konnte.

Sowohl das Wiener Kloster als auch die Innsbrucker Diözese waren mit der Lösung einverstanden. Am glücklichsten aber waren die Ochsengartner. Das kleine Problem mit der Zunge, über das ihnen Pater Berthold berichtet hatte, störte sie nicht. Im Beichtstuhl müssen eh die Sünder reden, und der Herr Kaplan hat eher nur zu nicken. Was aber die Sonntagspredigten betraf, so waren die Ochsengartner durch den nunmehr in Christo verstorbenen Herrn Kaplan Krukenhauser jahrzehntelang doch recht überfordert gewesen. Der hatte sich so gern reden gehört und oft sogar im kältesten Winter bis zu einer Stunde lang gepredigt. Das mit der fehlenden Zunge, so meinten die Mitglieder des Kaplanei-Kirchenrates, wäre nicht nur kein Hindernis, sondern aus den erwähnten Gründen sogar als recht günstig zu bezeichnen.

Es gab aber doch noch ein Problem. Pater Rochus hatte aus Gründen, die in seiner Lebensgeschichte leicht ihre Erklärung fanden, eine verständliche Abneigung gegen Nationalsozialisten und Kommunisten aller Art. So gern er also die Kaplanei in Ochsengarten übernehmen würde, könnte er es nur unter zwei Voraussetzungen tun: Zum ersten müsse sein Ordensbruder ihn in das ihm, Rochus, völlig unbekannte und wilde Bergland Tirol begleiten. Zum zweiten, wegen der schon erwähnten Befürchtungen in bezug auf Nazis und Kommunisten, könne er, Pater Rochus, nur dann den Rest seiner Tage in Ochsengarten verbringen, wenn ihn dort ein großer, womöglich Furcht und Schrecken einflößender Hund ständig beschütze und seine Kammer mit ihm teile. Beide Bedingungen, versprach Pater Berthold, werde er mit Freude erfüllen, denn er sah eine Reise auf sich zukommen, die normalerweise im Lebensprogramm eines Karmeliters nicht vorgesehen war.

Das Kloster in Wien beschloß also, Pater Berthold als Begleiter von Pater Rochus zu entsenden, und die Fraktion Ochsengarten wollte ihrerseits nicht nur die Reisekosten beider geistlichen Herrn, sondern auch die der Anschaffung eines den Wünschen des neuen Kaplans genügenden Hundes zu tragen und auch für dessen ausreichende Verköstigung aufzukommen. Glücklicherweise war eben ein mächtiger Fleischerhund seinem ihn ansonsten liebenden Besitzer, einem Metzger in Ried, im Oberen Gericht, ob Landeck, zu scharf geworden. Das Tier hatte in den letzten Monaten mehrere gute Kunden so arg gebissen, daß diesen die Lust auf Fleisch- und Wursteinkäufe auf lange Zeit verging. Der Metzger, dessen Schwester nach Ochsengarten geheiratet hatte, stellte angesichts dieser Situation den Hund, der auf den Namen Innozenz hörte, gratis zur Verfügung. Er kaufte ihm sogar noch einen Beißkorb und eine Kette und brachte das Tier höchstselbst an seinen Bestimmungsort.

Als die hochwürdigen Herrn Patres Berthold und Rochus schließlich in Ochsengarten ankamen, wurde dies für alle Beteiligten zum Fest. Die Kirche, das Schulhäuschen, die Kaplanei, alle waren beflaggt und mit Blumen und Laub geschmückt. In der Befürchtung, Innozenz könnte den Pater Rochus sogleich beißen, hatte der Rieder Metzger den Hund mit acht Kilogramm Würsten so intensiv gefüttert, daß dieser schnarchend vor der Haustür der Kaplanei lag. Man hatte sich um teures Geld aus Ötz die Schützenmusik ausgeborgt und mit einem von zwei Maultieren gezogenen Wagen nicht nur Pater Rochus´ Gepäck, sondern auch zwei Fasseln Bier heraufgekarrt. Die hochwürdigen Patres wanderten hinterdrein. Und, Wunder über Wunder: Rochus und Innozenz wurden sofort enge Freunde.

Pater Berthold aber erzählte, als er sich endlich, nach Installierung des neuen Kaplans und nach Ablauf aller damit verbundener Ochsengartner Festivitäten wieder bei seiner Familie hoch oben am Kercherhof in der Küche niederhockte, seine Erlebnisse der vergangenen Jahre. Die gesamte Kercher-Familie, zu der bereits viele weitere Neffen und Nichten sowie Enkel gestoßen waren, lauschte hingebungsvoll. Er schloß mit den Worten: „Meine lieben Kinder! Ohne Watschen und ohne Wunder geht leider gar nichts.“

Dreizehnte Geschichte

BARONIN EISELSBERG UND DER MOHR

Frühjahr 1945. Der Zweite Weltkrieg ging dem Ende zu. Ganz Österreich war, wie große Teile des übrigen Westeuropa, von Flüchtlingsströmen überflutet. Sie waren von irgendwo nach irgendwo unterwegs. In den letzten Kriegsmonaten näherten sich die Kampfhandlungen zunehmend Österreichs Grenzen, bald fanden Krieg und Kampfgetöse mitten im Lande statt. Dies, ebenso wie die täglichen Luftangriffe, führte wiederum zu neuen Flüchtlingsströmen, diesmal von Österreichern innerhalb der eigenen Grenzen. Unzählige Wiener Familien versuchten schon im Spätwinter, spätestens aber nach der Eroberung von Budapest durch die Rote Armee am 13. Februar, ihre Kinder und, soweit es möglich war, auch sonstige Angehörige nach Westen oder Süden in Sicherheit zu bringen. Glücklich zu preisen waren jene, die irgendwo auf dem Land Verwandte oder gute Freunde hatten, die bereit waren, sie aufzunehmen.

Das alte Schloß Steinhaus bei Wels befand sich seit dreihundert Jahren im Familienbesitz derer von Eiselsberg. Es hatte Gott sei Dank genügend Säle, Salons und Kammern, um auch die gut zwei Dutzend Buben und Mädeln aus der nahen oder weitschichtigeren Verwandtschaft, viele samt ihren Müttern, aufzunehmen. Außerdem waren im Schloß mehrere ausgebombte Familien einquartiert, dazu kamen noch etliche Kinderfrauen und Erzieherinnen – mit einem Wort, ein wildes Getümmel. Sie alle standen unter dem liebevollen, wenn notwendig auch einmal streng durchgreifenden Kommando der Baronin Agnes Eiselsberg. Diese 70jährige Dame, deren 1939 verstorbener Mann Anton Eiselsberg einer der berühmtesten Repräsentanten der damals weltweit anerkannten Wiener Medizinischen Schule gewesen war, entstammte selbst einer Familie mit medizinischer Tradition. Ihr Bruder Clemens von Pirquet zählte gleichfalls zu den ganz großen Ärzten und Forschern, die Wien im 19. und in der ersten Hälfte des 20. Jahrhunderts aufzuweisen hatte. Zusammen mit Ignaz Semmelweis, Theodor Billroth, Julius Wagner-Jauregg und Karl Landsteiner gehörten eben auch Anton Eiselsberg, Clemens Pirquet und der Schwiegersohn der Baronin, Fritz Starlinger, diesem erlauchten Kreis an.

Kein Wunder also, daß sich unter den durch die Wirren des nahenden Kriegsendes in Steinhaus befindlichen Schutzsuchenden eine überdurchschnittliche Quote von Kindern mit illustren Namen aus der Welt der Medizin befanden. Eines der Mädchen, Verena Jordis, hatte etwas ganz Besonderes vorzuweisen: eine kohlrabenschwarze Puppe, die, obwohl offensichtlich aus Afrika oder dem tiefen Süden der USA stammend, den durchaus europäischen Namen Katharina trug. Diese Puppe war schon wegen ihrer extravaganten Hautfarbe der ständige Mittelpunkt der Bewunderung, wenn nicht sogar in manchen Fällen des Neides der anderen in Steinhaus versammelten Mädchen.

Ein anderes aus Wien angereistes Flüchtlingskind aus dem großen Medizinerclan war die damals neunjährige Rosemarie Starlinger. Sie hatte erst vor wenigen Monaten ihre Mutter bei einem der schweren Bombenangriffe auf die Wiener Innenstadt verloren. Ganz abgesehen von Rosemaries sonstigen Qualitäten, deren Ausbildung spätere Generationen von Bewunderern beobachten konnten, ist ihre Erwähnung hier schon deshalb essentiell, weil wir ihr die Steinhauser Mohren-Episode, auf die wir noch zu sprechen kommen, verdanken und sie so der Nachwelt weitergeben können.

Anfang April 1945 kommt der große Flüchtlingstreck, der sich von Wien seit vielen Wochen nach Westen wälzt, zu einem plötzlichen Ende. Hitler läßt Wien zur Festung erklären, bald sind auch die letzten Bahn- und Straßenverbindungen gekappt. Wer noch in Wien ist, muß wohl oder übel dort bleiben. Die Schlacht um Wien, die am 5. April beginnt, ist zum Glück für die in der Stadt Verbliebenen und das Inferno überlebt Habenden schon am Abend des 13. April beendet. Die letzten deutschen Truppen ziehen sich auf das Nordufer der Donau zurück. Am 15. April besetzt die Rote Armee St. Pölten und bleibt westlich davon stehen. Am 25. April gibt es schwere amerikanische Luftangriffe auf Linz und Wels. Schloß und Dorf Steinhaus sind nur knapp sieben Kilometer von Wels entfernt. Bei dem schweren Angriff beben die Mauern und klirren die Fenster des alten Schlosses. Als die Kinder wieder aus dem Keller herausdürfen, sehen sie Flammen und schwarze Rauchwolken unmittelbar nördlich der Traun. Der Krieg ist sehr nahe gekommen.

Agnes Eiselsberg war sich der Verantwortung für ihre Schutzbefohlenen bewußt. Sie schickte den Gutsverwalter Augustin Griesmaier nach Lambach, einem 15 Kilometer westlich liegenden Marktflecken, der von einem riesigen Stift beherrscht wird. Dort sollte der treue Verwalter feststellen, wann wohl endlich die amerikanischen Truppen zu erwarten wären. Griesmaier durfte auf einer Bahndraisine mitfahren und konnte auf diese Weise bis Attnang und Ried im Innkreis vorstoßen. Zwei Tage später kehrte er nächtens völlig erschöpft zurück. Nein, von den Amerikanern sei weit und breit noch keine Spur, abgesehen von ihren Jagdbombern, die ständig alle Durchzugsstraßen unter Kontrolle hielten. Auch in Salzburg sollten sie noch nicht sein. Dafür sei alles voll mit hochrangigen SS-Leuten und irgendwelchen Stäben, die planlos durch die Gegend irrten. Man habe den Eindruck, sie wüßten nicht mehr, wohin sie sich wenden sollten.

In Attnang habe ihm ein Feldwebel der Wehrmachtsstreife erzählt, daß angeblich im Ausseerland von der SS Widerstand geleistet werden solle, Gerüchten zufolge mit Wunderwaffen und so. Dabei habe er ihn aber so komisch angeblinzelt und hinzugefügt: „Sie sind ja gut dran, weil Sie schon über 60 sind, da muß ich Sie nicht fürs letzte Aufgebot mitnehmen." Der Verwalter hatte zustimmend genickt, obwohl er eigentlich zehn Jahre jünger war. Der Feldwebel, wie sich herausstellte, ein Bayer aus dem nahen Simbach, erklärte ihm dann noch einmal, man müsse schon froh sein, wenn man über 60 sei. Denn jetzt, kurz vor Ladenschluß, noch ein Heldentod... Er nahm dann ein bereits gestempeltes Blankowehrmachtspapier, ließ Griesmaier seinen Namen buchstabieren und bestätigte, daß dieser, geboren 1884, seine Personalpapiere bei einem Luftangriff nahe Schwanenstadt eingebüßt habe. Diesen Schein gab er dem glücklichen Griesmaier, hob müde die Hand und sagte ganz automatisch: „Heil Hitler!" zuckte ein bißchen zusammen und fügte lächelnd hinzu: „Bei uns in Niederbayern sagen s´ jetzt gern wieder Grüß Gott!" Der Verwalter erreichte dann noch Ried, wo er bei der Schwägerin übernachtete. Auch dort keine Amerikaner. Angeblich sollten sie vor Passau stehen, aber niemand wußte Genaueres. Die Schwägerin borgte ihm das Fahrrad ihres Mannes, der in Rußland vermißt war. Er schaffte es dann relativ unbehelligt, nach Steinhaus zurückzukommen. Ausgerechnet in Schwanenstadt hätten sie ihn um ein Haar noch zum „Volkssturm" eingezogen, allein des Simbacher Feldwebels Bestätigung rettete ihn in letzter Minute.

Nun war guter Rat teuer. Die Baronin beriet sich mit dem Pfarrer, mit dem ehemaligen Bürgermeister, der 1938 von den Nazis abgesetzt worden war, und natürlich mit ihrem getreuen Augustin Griesmaier. Der Pfarrer hatte eben aus Wels erfahren, daß die Reichsbahn den Verkehr nach Osten nur noch bis Enns führe, weil man eigentlich täglich die Russen in Steyr oder St. Valentin erwarte. Das versetzte alle in Furcht und Schrecken, denn von Steyr durch das Voralpenland war es nur eine Autostunde bis Steinhaus.

Dann kam am Abend des 30. April über den Reichssender Linz die Nachricht vom Tode Hitlers. Alle waren erleichtert. Jetzt müßte es doch endlich aus sein. Am nächsten Tag berichtete ein Bauer, daß in den frühen Morgenstunden ein halbes Dutzend riesiger Mercedes- und Horch-Limousinen mit hochrangigen Nazibonzen, unter ihnen angeblich der oberste Gestapo-Chef, Kaltenbrunner, durch das Dorf gerast, dann aber stehengeblieben seien. Zwei SS-Führer seien ausgestiegen und hätten ihn gefragt, wo es weiter in Richtung Gmunden gehe. Offensichtlich war den Nazi-Goldfasanen die Fahrt über die große Reichsstraße wegen der ständigen alliierten Jagdbomberangriffe zu gefährlich geworden. Bald war der Spuk mit heulenden Motoren in Richtung Salzkammergut weitergerast. Es war wohl das letzte, was man in Steinhaus vom Dritten Reich zu Gesicht bekam. Der Nazi-Ortsgruppenleiter hatte schon vor Tagen unauffällig die Hakenkreuzfahne eingeholt, die am 20. April zu Führers Geburtstag noch gehorsam gehißt worden war. Eine sonderbare Ruhe legte sich über das Land, manchmal von den Motoren amerikanischer Flugzeuge unterbrochen. Deutsche Flieger waren schon seit langem kaum zu sehen gewesen. Seit die Amis den Fliegerhorst Hörsching zerbombt hatten, war auch für Görings einst stolze Luftwaffe völlige Funkstille eingetreten.

Vereinzelt kamen noch Gruppen durch das Dorf. Es waren jetzt Ungarn, Rumänen oder Slowaken, gewöhnlich Offiziere oder Regierungsmitglieder der pronazistischen Marionettenregierungen in den Ost- und Balkanstaaten, die durch das frühlingsgrüne Land zogen. Begleitet wurden sie von zahlreichen Familienmitgliedern und Dienern. Ursprünglich hatten die deutschen Behörden diesen Leuten Ausweichquartiere im westlichen Niederdonau (das nun wohl schon wieder Niederösterreich hieß, denn auch in Steinhaus hatte man von der Einsetzung einer österreichischen Regierung durch die Russen gehört) zugewiesen. Jetzt flüchteten sie in ihrer zweifellos nicht unberechtigten Todesangst vor der Roten Armee ziellos weiter nach Westen. Dann folgten immer wieder volksdeutsche Flüchtlinge mit von abgemagerten Pferden gezogen Wagen, in denen sie alles, was ihnen geblieben war, mitschleppten. Keiner der Einheimischen wußte natürlich, woher diese Flüchtlinge eigentlich kamen: ob aus Bessarabien, der Bukowina, Siebenbürgen, dem Banat, Slawonien, dem Gottscheer Land oder irgendwo aus Westungarn. Sie hatten nur eines gemeinsam, sie sprachen sehr fremde, oft kaum verständliche deutsche Dialekte.

Aus Mitleid mit den verzweifelten und erschöpften Frauen und Kindern hätte Agnes Eiselsberg gerne doch noch einige dieser armseligen Gestalten aufgenommen. Aber ein Blick auf die 30 oder 40 von ihr zu betreuenden und mit den knapper werdenden Lebensmitteln zu verpflegenden Schutzbefohlenen ließ sie davon Abstand nehmen. Die recht schmale, aber doch so energische alte Dame mit ihrer schwarzen Witwenhaube wußte genau, daß dies unverantwortlich gewesen wäre.

Am 5. Mai gegen Mittag kam endlich der Verwalter voller Aufregung in den kleinen Salon der Baronin gelaufen. Diese war gerade damit beschäftigt, einem Buben die beim Baumklettern im Garten entstandene Schramme am Knie zu verbinden, und sah fragend zu Griesmaier auf. „Frau Baronin, die Amerikaner sind schon in Lambach. In einer Stund´ können sie leicht da sein." Die alte Baronin erhob sich schnellfüßig wie ein junges Mädchen und dankte dem Verwalter. Freudig schüttelte sie ihm die Hand. „Mein Lieber, so haben wir doch alles gut überstanden, und den Kindern ist bis dato nichts zugestoßen. Aber jetzt müssen wir alles für die Ankunft der Amerikaner vorbereiten. Sie werden sicher hier im Schloß Quartier beziehen wollen."

In großer Eile, aber nach vorbedachtem Plan wurden Zimmer für die potentiellen alliierten Gäste frei gemacht. Dann rief Agnes alle Buben und Mädeln, Erzieherinnen und Kinderfrauen, Mütter und Flüchtlingsfamilien, kurz, alle Schloßbewohner zu sich – ausnahmsweise in den großen Salon, der eigentlich schon ein Saal war. Sie forderte alle mit klarer Stimme auf, sich hinzusetzen, nicht auf der Sitzgelegenheit herumzurutschen, keine Streitereien anzufangen und ganz genau auf das aufzupassen, was sie ihnen jetzt sagen werde.

Alle Kinder waren höchst gespannt. Einige hatten schon begriffen, daß Großes sich vorbereite. Andere befürchteten, es gebe wohl wieder einmal ein Donnerwetter, weil irgendeine oder irgendeiner irgendetwas angestellte hatte. Einige betrieben Gewissenserforschung. War man schlimm gewesen? Oder hatte man irgendwelche Sünden begangen, ohne sich dessen bewußt zu sein. Dritte wiederum fühlten sich grundsätzlich unschuldig. Sie ärgerten sich schon im vorhinein, weil sie wohl wieder für die Sünden anderer zu büßen haben würden.

Schließlich hatten alle, fast ausnahmslos Kinder oder Frauen – vom Verwalter August Griesmaier natürlich abgesehen –, im großen Saal ein Plätzchen gefunden und warteten, was die Omama, beziehungsweise die Tante Agnes, beziehungsweise die Frau Baronin ihnen zu sagen haben würde. Baronin Eiselsberg erklärte ihnen zunächst, daß der Krieg so gut wie zu Ende sei. (In der Tat wurde drei Tages später von Generaloberst Jodl in Reims die bedingungslose Kapitulation des Deutschen Reiches unterzeichnet.) Sie fuhr fort, daß die Amerikaner bereits in Lambach eingetroffen und daher jederzeit in Steinhaus zu erwarten seien. Sicherlich würden amerikanische Soldaten oder Offiziere hier im Schloß, dem größten und komfortabelsten Gebäude des Ortes, Quartier beziehen wollen. Alle Bewohner des Schlosses hätten sich gegenüber den Amerikanern, ganz gleich welchen Ranges, zuvorkommend und höflich zu verhalten. Keinesfalls sollte man sich aber an die fremden Militärs heranmachen oder diese gar um Geschenke bitten.

Die Baronin wies darauf hin, daß ohnehin der sprachliche Graben – nur wenige der Kinder sprachen Englisch, und auch bei den Erwachsenen war „english speaking“ keineswegs die Regel – engeren Kontakt zumindest für den Anfang erschweren würde. Es gab dann noch einige Fragen, die die Baronin geduldig beantwortete. Dann rutschten ein paar Kinder schon unruhig herum, Mütter wollten in die Küche oder in die Waschstube eilen. Die Baronin blickte energisch in die Runde, alle setzten sich wieder. Offenbar gab es noch etwas zu sagen.

„Ich möchte noch einen letzten, aber wichtigen Punkt erwähnen. Es ist möglich, daß einige unserer amerikanischen Gäste keine weiße, sondern schwarze

Hautfarbe haben werden. Dies ist für Amerikaner nichts Ungewöhnliches, denn in den Vereinigten Staaten von Amerika gibt es viele Neger, besonders im Süden, wo die Nachkommen der ehemaligen Sklaven leben. Ich bitte euch alle, diesen Unterschied in der Hautfarbe möglichst nicht zu beachten, auf keinen Fall aber darüber zu sprechen." Die alte Baronin Eiselsberg erhob ihre Stimme. „Falls es aber unbedingt nötig sein sollte, über dieses Thema zu sprechen, dürft ihr auf keinen Fall, was immer auch geschehen möge, das Wort ´Neger´ erwähnen. Dies könnte zu völlig unangebrachten Kränkungen führen. Das gilt auch für eure Gespräche untereinander. Wenn es unvermeidlich sein sollte, von unseren Gästen anderer Hautfarbe in diesem Zusammenhang zu sprechen, dann sagt ihr ganz einfach ´Mohr´."

Als dann die ersten Amis schon eine halbe Stunde nach diesen eindringlichen Worten der Baronin ihre Jeeps im Schloßhof von Steinhaus zum Stehen brachten (um lange Zeit dort zu verbleiben), stellte sich heraus, daß unter ihnen kein Schwarzer war. Die Puppe Katharina der Verena Jordis sollte daher weiterhin der einzige Bewohner des Schlosses bleiben, auf den der Ausdruck „Mohr" völlig korrekt angewendet werden konnte.

Vierzehnte Geschichte

DAS BRIDGETURNIER

Lydia Merkel war an diesem Nachmittag einigermaßen echauffiert. Ihre Freundin Charlotte Brunner hatte sie schon zum dritten Mal innerhalb von zwei Stunden angerufen. Das „Centropa Bridge-Turnier 1935" mit sehr interessanten ungarischen und polnischen Teilnehmern war nun doch endgültig für das kommende Wochenende in Vöslau fixiert. Diese Charlotte – Schatz, der sie war – konnte sich leider nie auf irgend etwas konzentrieren. Nicht einmal auf die zahlreichen Männer, die ihr den Hof machten, überlegte Lydia etwas neidisch. Jetzt hatte diese verrückte Person auch noch die Daten des Turniers verwechselt, und in letzter Minute mußte – heute war schließlich bereits Mittwoch – das gesamte Programm für das Weekend umgestellt werden. Nur weil man schon Freitag, also einen Tag früher als geplant, beginnen würde. Peinlich, ja katastrophal war vor allem, daß sie das für den selben Freitag seit Wochen angesetzte Souper bei den Fialas so knapp vorher hatte absagen müssen.

Das würden ihr diese hochnäsigen Banausen ebensowenig verzeihen wie Egon, ihr Mann. Der hatte dringend auf die Gelegenheit eines Gesprächs mit dem Viktor Fiala gehofft, sein renommiertes Pelzhaus in der Wipplingerstraße, Merkel, Reifenstein & Co., war nämlich durch die allgemeine Wirtschaftskrise in gewisse, bestimmt vorübergehende, aber doch unableugbare Schwierigkeiten geraten. Der Fiala war Vorstandsdirektor bei der Merkurbank, und ausgerechnet bei dieser Bank standen Merkel, Reifenstein & Co. recht tief in der Kreide. Lydia konnte sich daher unschwer das Theater vorstellen, das Egon ihr aufführen würde. Um so peinlicher war in diesem Konnex, daß ihr an sich schlauer Plan, das Fiala-Desaster geschickt zu vermeiden, in die Hosen gegangen war. Sie hatte, ihre Abneigung überwindend, Lisette Fiala, diese grausliche Schreckschraube, katzenfreundlich angerufen. Mit einem Marillenkern im Mund täuschte sie, wie es ihr schien, mit großer schauspielerischer Leistung, eine schwere Verkühlung mit keuchhustenähnlichen Begleiterscheinungen vor. Sie erklärte Lisette, wie untröstlich sie sei, daß ihr Hausarzt ihr strengstens verboten habe, das Bett zu verlassen, geschweige denn womöglich dritte Personen anzustecken. Da sagte doch diese heimtückische Lisette noch ganz nett und scheinbar verständnisvoll: „Aha, das ist bedauerlich." Lydia sah bereits Oberwasser und fuhr hustend fort, daß sie keineswegs ein Partykiller sein wolle. Daher werde selbstverständlich ihr lieber Egon pünktlich zum köstlichen Fest erscheinen.

„Das wird allerdings nicht möglich sein", erwiderte Lisette Fiala nun eher kühl, denn wenn schon absagen, dann für beide, sonst käme ihr die Tischordnung völlig durcheinander. Im übrigen, erklärte Madame Fiala dann plötzlich sehr abrupt, wünsche sie Lydia rasche Besserung, damit diese beim Bridgeturnier niemanden anstecke. Auf Lydias hilfloses Stottern schloß

Lisette resolut das Gespräch: „Du mußt nämlich wissen, meine Beste, die Charlotte Brunner hat vor einer halben Stunde auch abgesagt, allerdings nicht wegen Husten, sondern weil sie ab Freitag in Vöslau Bridge spielt, unter anderem mit dir." Knacks machte das Telephon, abgehängt.

Lydia weinte fast vor Wut, nicht nur über die portierische Funsen Lisette und über die Dummheit Charlottes, sondern vor allem über ihre eigene Gutmütigkeit, mit der sie es immer allen recht machen wollte. Jetzt saß sie in den Nesseln. Aber was sollte es, sie konnte Vöslau unmöglich sausen lassen. Im Herbst waren Vorstandswahlen im Bridgeclub, und sie rechnete sich gute Chancen aus, zumindest zur Vizepräsidentin gewählt zu werden. Aber sicher nur dann, wenn sie an allen Turnieren und deren Vorbereitung bis dahin hingebungsvoll mitwirkte. Im übrigen sollte der gute Egon sich nichts antun, überlegte Lydia weiter, es war ja nicht ihre Schuld, wenn die Firma Zores hatte. Der Lontzky am Neuen Markt hatte gerade erst sein Geschäft neu ausgestattet. Der brauchte offenbar keine Tète-a-tètes mit der Merkurbank.

Sie war auf dem besten Weg, sich zu beruhigen, und beschloß großzügig, sowohl Egon als auch Charlotte und der miesen Fiala zu vergeben, als plötzlich ein neuer Schreckensblitz sie durchzuckte. Kurtl, ihr einziger, heißgeliebter und daher um einen Hauch verzogener Sohn, hatte für Samstag abend die Erlaubnis zu einem Jugendfest in der elterlichen Halbetage des eleganten Gründerzeithauses im Rathausviertel erhalten. Der Plan war gewesen, daß Lydia bis Samstag mittag noch alles vorbereiten und dann das weitere Partymanagement dem Stubenmädel übergeben würde. Am Abend dann wollte Egon für Ruhe und Ordnung sorgen.

Jetzt aber müßte sie wohl schon Freitag früh zur Turniervorbereitung fahren und würde kaum vor Sonntag vormittag zurückkommen. Denn beim Abschlußfest der Bridge-Asse wollte sie ja als Club-Sprecherin noch ihre Rede halten. Es war daher wohl ausgeschlossen, dann noch mit der letzten Badner Elektrischen – die in jenen Tagen noch eine Anschlußlinie nach Vöslau betrieb – zurückzukehren. Hätte sie doch damals chauffieren gelernt, als Egon ihr vor zwei Jahren zum Hochzeitstag einen kleinen Hanomag hatte schenken wollen, erinnerte sie sich jetzt allerdings etwas spät. „Ein bißchen Blech, ein bißchen Lack – und fertig ist der Hanomag!" hatte er damals verlegen lächelnd gesagt. Sie hatte abgelehnt. Erstens schien ihr der winzige zweitürige Wagen eher portierisch, zweitens fand sie es sowohl bequemer als auch standesgemäßer, in Egons Austro-Daimler vom Firmenchauffeur, Herrn Havlicek, herumgefahren zu werden, als selber das ungeliebte Volant betätigen zu müssen. In der Zwischenzeit allerdings waren der Krise wegen der Austro-Daimler gegen einen kleinen Steyr umgetauscht und Herr Havlicek entlassen worden. Egon steuerte den Steyr 100 selbst. Da blieb wohl für die Rückfahrt nach Wien nur die Badner Elektrische am Sonntag früh, denn Egon würde sie, wie die Dinge im Augenblick nun einmal lagen, wohl kaum mitten in der Nacht in Vöslau abholen kommen. Das um so weniger, als er nicht nur Bridge haßte, sondern auch – was noch viel peinlicher war – Bridgespieler ganz allgemein als oberflächliche Nichtstuer abtat, mit denen er keinen Verkehr zu pflegen wünschte.

Kurtl würde sich, dessen war sich Lydia sicher, mit der ganzen trotzigen Präpotenz seiner dreizehn Jahre weigern, die lange versprochene Party anläßlich seines Eintritts in die Jeunesse dorée zu verschieben. Dafür hatte Lydia auch jedes Verständnis, das Kind sollte gerade jetzt abgelenkt werden und sein Vergnügen haben. Schließlich mußte er sich nach dem gemeinen, aber kolossalen Pintsch – wie man im Wiener Schulleben einen Fünfer zu nennen pflegte –, den ihm dieser unerzogene Flegel von einem Mathematikprofessor verpaßt hatte, wieder ein bisserl erholen. Daher das Fest. Kurtl hatte zwar nicht, wie vom Vater genehmigt, acht, sondern in tutto 21 Gäste eingeladen, von denen er stolz versicherte, die gute Hälfte davon wären „prima Hasen". Gott sei Dank mußte sie sich über den Verlauf des Festes keine Gedanken machen. Egon würde ja da sein und – wenn auch wahrscheinlich, wie sie befürchtete, viel zu streng – an diesem Abend das Kommando und die Verantwortung übernehmen. Wiederum völlig gelöst, griff Lydia nach einer Dames – „Lang, schlank und leicht", wie es die Inserate der Tabak-Regie in den Damen-Illustrierten verkündeten, „genauso köstlich wie die Frauen, die sie rauchen."

„Küß die Hand, Lydileinchen", schallte es von der Tür her. Egon war in bester Laune heimgekehrt. „Weißt du, wen ich heute vormittag vor dem Café Europe (damals vis-à-vis der Stephanskirche) getroffen habe? Den Fiala, ausgerechnet den Fiala. Er war ganz besonders nett, und ich hab ihm gesagt, wie wir uns auf das Abendessen am Freitag freuen. Der Fiala hat dann gemeint, wir würden sicher im Verlauf des Abends Gelegenheit finden, diese leidige Kreditgeschichte diskret zu Grabe zu tragen." Egon küßte Lydia zärtlich auf den Mund, was in Zeiten wie diesen immer seltener vorzukommen pflegte. Er lehnte sich leicht an die Couch im Salon, auf der Lydia rauchend hingestreckt lag. „Stell dir vor, Schatzerl, er hat gesagt, die Geschichte wird begraben! Das heißt zumindest, daß sie die Kreditsperre aufheben, wahrscheinlich sogar, daß sie unser Ansuchen um eine Aufstockung aufrecht erledigen werden. Ein feiner Mann, dieser Fiala, direkt, wie man sagt, ein Monsieur. Also ich hab auf jeden Fall seiner Gnädigsten, der Lisette, ein Dutzend weiße Rosen geschickt, mit einem kleinen Vers – du kennst meine dichterische Ader:

´Verehrteste Lisette,
wir finden es so nett,
das schöne Souper in Ihrem traumhaften Garten,
Lydia und Egon können´s kaum mehr erwarten.´"

Egon war ganz von seiner Dichtkunst und Diplomatie hingerissen. „Besser konnte es doch gar nicht laufen. Du wirst die Lisette umgarnen, und ich koch´ den Viktor Fiala ein wie eine Brombeermarmelade."

Zuerst dachte Lydia, daß sie mit etwas Zeitgewinn und geschickter Taktik noch einiges werde retten können. Aber als Egon daran ging, eine Champagnerflasche zu öffnen, war es völlig klar, daß nur ein sofortiges umfassendes Geständnis ihr voraussehbares Ende durch Totschlag von der Hand des Gatten verhindern könne. Sie zog Egon, der die noch ungeöffnete Flasche in der Hand hielt, zu sich auf die Couch, kraulte sein Haar am Hinterkopf, wo er dies besonders schätzte, und flüsterte: „Ach, Egon, mein allerschönstes Affentier, mein Egon, dein Lydileinchen muß dir ein kleines Geständnis machen. Bitte hör zu!"

Egon hatte, von Kosung, Kosenamen und Geständnis elektrisiert, wie es ihm schien, schon genug erfahren, für ihn war alles klar. Er hörte daher keineswegs weiter zu, umarmte vielmehr seine Lydia mit glückseligem Gesicht, Freudentränen in den Augen. „Ich hab´s gewußt, daß wir es doch noch schaffen werden, ich hab´ mir gleich gedacht, daß dein ausgeronnener Gynäkologe mit seiner Diagnose ein völliger Nebochant war. Ich bin ja so glücklich! Nach fast vierzehn Jahren kriegt Kurtl noch ein Geschwisterchen! Du bist toll, Lydia! Jetzt, wo die Chose mit der Merkurbank geregelt ist, können wir uns auch noch so ein Wizzi-wuzzi-Baby leisten." Egon sprang auf und griff wieder nach dem Champagner. „Hurra, ein zweites Kind, hoffentlich ein Mädel, ganz wie du, mein Lydileinchen!" Egons Freude kannte keine Grenzen. Er ließ den Champagnerkorken knallen, mangels bereitgestellter Gläser goß er das heraussprudelnde Naß direkt in den fassungslos geöffneten Mund seines Lydileinchens. Das rettete zumindest für den Augenblick die Situation, denn Lydia drohte zu ersticken. Das prickelnde Getränk war in ihre Luftröhre geraten. Sie hustete verzweifelt. Egon erkannte den Ernst der Situation und schüttelte seine Frau in größter Angst. Erst nach einer Viertelstunde waren Erstickungsanfall und erste Aufregung vorbei. Endlich konnte Lydia anfangen, ihrem Mann zu erklären, daß sie keineswegs ein Baby erwarte, sondern daß... Egon hörte ihr benommen zu, als das Stubenmädel Gerda klopfte. Es brachte einen großen Strauß weißer Rosen mit einem Brief an Herrn Egon Merkel. „Komisch, die schauen ja aus wie meine Rosen für die Fiala." Egon öffnete das Kouvert. Darin befand sich eine Karte von Lisette Fiala. Egon las: „Geehrter Herr Merkel! Ich bedaure, Ihnen beiliegende zwölf Rosen rücksenden zu müssen, ebenso wie ich es bedaure, Sie nach dem Verhalten Ihrer Frau nie mehr in unserem Hause begrüßen zu dürfen. Achtungsvoll, L. Fiala."

Egon war völlig vor den Kopf gestoßen. Noch versuchte er hilflos zu scherzen: „Also, daß sie nicht einmal mehr das Hoch zum Achtungsvoll, und das isette zum L dazugesetzt hat, ist proletenhaft und zeigt, daß nicht viel von der Sacré Coeur-Erziehung übergeblieben ist." Dann allerdings war er mit seinem Latein am Ende und blickte hilfesuchend zu Lydia, die gebrochen am Fußboden neben der halbleeren Champagnerflasche hockte. Sie begann, zuerst stockend, dann flüssig, zu berichten, so als spräche sie von einer Sache, die gar nicht sie selbst, sondern andere Leute betreffe. Sie erzählte alles, daß kein Babywunder geschehen war und von ihrer völlig mißglückten Fiala-Aktion.

Egon saß auf der Couch, hörte zu und sagte lange kein Wort. Dann stand er auf, gab Lydia einen leichten Kuß auf die Schläfe. „Ich geh jetzt schnell packen. Ich muß noch den Nachtzug nach Dresden am Nordwestbahnhof erwischen. Ich telegraphiere Erich, daß ich morgen früh ankomme. Er ist jetzt der einzige, der uns vielleicht noch helfen kann."

Lydia nickte. Erich war Egons älterer Bruder, ebenfalls sehr erfolgreich in der Pelzbranche. Aber solid. Er fuhr mit der Tram in die Firma, mit der Bahn auf Sommerurlaub in ein Böhmerwald-Nest, wo die Familie ursprünglich herkam. In Dresden hatte er nach dem Krieg als Gehilfe angefangen und nach zehn Jahren das Geschäft allein übernommen. „Eine ganz große Leistung bei der riesigen Konkurrenz in unserer Branche!" pflegte Egon, der seinen Bruder über alles bewunderte, immer wieder zu sagen. Nun würde sich zeigen, ob Erich bereit sein werde, ihm in der größten Not zu helfen. Ganz so sicher war das nicht, denn Erich nannte seinen jüngeren Bruder schon seit Jahren einen Verschwender und liebenswerten Hallodri und hatte ihn immer wieder gewarnt.

Egon war jetzt ganz ruhig, er instruierte Lydia, daß sie unbedingt am Bridgeturnier teilnehmen solle. Gerade in dieser Situation müsse jede Panikreaktion vermieden werden. Sie möge alles mitmachen, einen fröhlichen Siegereindruck vermitteln, nicht zu schwindeln versuchen, kurz, alle Konflikte vermeiden. Spätestens Samstag nacht allerdings müsse sie nach Wien zurückkehren, denn er, Egon, werde sicher einige Tage in Dresden brauchen und könne daher unmöglich bei Kurtls Fest den Kontrollor spielen. Als Lydia hier erneut zu protestieren versuchte und an ihre Rede beim Schlußfest in Vöslau erinnerte, riß Egon zum ersten und einzigen Mal kurz die Geduld: Er kleschte seinem Lydileinchen eine, daß es nur so knallte.

Dann wurde Kurtl gerufen. Er erschien ebenso prompt wie penetrant nach Lydias Parfum riechend, was auf vorangegangenen Nikotingenuß schließen ließ. Egon hatte andere Sorgen und teilte dem Buben kurz mit, daß dieser seine Party selber vorbereiten müsse. Kurtl war ganz begeistert. Gerda, das Stubenmädel, führte Egon weiter aus, würde bis Samstag mittag helfen, dann habe sie um einen freien Tag gebeten, weil sie ihre kranke Mutter in Bad Deutsch Altenburg besuchen müsse. Er erwarte von seinem Sohn, daß er mit dem Dutzend Flaschen Apfelsaft, mit dem kalten Kakao von der MIAG, mit einem riesigen Karton voll Mannerschnitten und Pischingertorten sowie mit 50 Käse- und Wurstbroten auskommen werde. Das für drei Uhr nachmittags angesetzte Fest dürfe bis halb neun Uhr dauern, aber nicht eine Minute länger, weil der Hausmeister um neun Uhr das Haustor sperre und daher bis dahin alle Kinder draußen sein müßten. Kurtl hafte seinem Vater für die Einhaltung der Sperrstunde, ebenso wie für sonstige Zucht, Ordnung und Reinlichkeit in der Wohnung. Das Kinderzimmer, die Halle, der Wintergarten und der große Salon stünden für die Festlichkeit zur Verfügung. Alle anderen Räume, besonders das elterliche Schlafzimmer, Mamas kleiner Salon, das Musikzimmer und schließlich das Herrenzimmer seien tabu. „So, das wär´s, mein Sohn. Ich hoffe, du hast mich genau verstanden. Alle Verstöße werden mit Taschengeldentzug, in schweren Fällen mit Streichung des sommerlichen Badeurlaubs in Grado geahndet."

Kurtl, ein fescher Bub, am Beginn der Teens, in kurzen Hosen und einer Pfadfinderbluse, nickte auffallend gehorsam und lächelte Egon verständnisvoll zu. „Papa, du kannst dich ganz auf mich verlassen. So wie du es anschaffst, wird es abgewickelt. Bitte, dürfen wir leise Grammophon spielen?" Die Lumpi Ladina würde einen ganz modernen „His Master´s Voice"-Apparat mitbringen, und der Anatol Laroche könnte köstliche Schallplatten beistellen. Papa war einverstanden, betonte noch einmal, daß auf keinen Fall Alkohol ausgeschenkt noch in der Wohnung geraucht werden dürfe. Dann nahm er Kurtl kurz um die Schulter. „Ich verlaß mich auf dich. Bitte, bring das gut über die Bühne! Wir gehen jetzt vielleicht schweren Zeiten entgegen, da können wir keine zusätzlichen Schwierigkeiten brauchen." Kurtl, der natürlich an der der Tür gehorcht und die Babykonfusion ebenso wie die Fiala-Merkur-Krise mitbekommen hatte, blickte seinem Vater treuherzig in die Augen. „Du kannst dich ganz auf mich verlassen, Papa. Ich werde diese Wohnung bewachen, wie es der Max Schmeling und der Joe Louis zusammen nicht besser könnten. Wer sich danebenbenimmt, wird rausgeschmissen. Wir wollen ja nur ein nettes Kinderfest."

Egon entschwand bald darauf mit Koffer, Schirm und Galoschen, weil im „Neuen Wiener Tagblatt" eine Unwetterfront über Mitteldeutschland prophezeit wurde. Lydia gab Gerda noch etwas Geld und ein paar Anweisungen für das Kinderfest, dann widmete sie sich verbissen den Turniervorbereitungen. Das half ihr ein wenig, die Schande mit den portierischen Fialas zu vergessen. Freitag mittag verließ sie mit unzähligen Bussis und Ermahnungen für Kurtl die Wohnung in Richtung Vöslau.

Kaum war die Tür hinter seiner Mutter zugefallen, raste Kurtl zum Telephon. Er rief der Reihe nach die wichtigsten Akteure für das bevorstehende Fest an:

den prima Klavier spielenden Lolo Maleda, seinen 18jährigen Mathematik-Hauslehrer Hupsi Schneller, der Saxophon spielen konnte, die fesche Lilo Weninger, die aus der elterlichen Trafik Zigaretten besorgen konnte und auch als Sängerin einsatzfähig war. Schließlich natürlich die vielseitige Lumpi Ladina, die nicht nur das Grammophon, sondern dank der Weingüter ihrer Eltern auch jede Menge Brünnerstraßler zugesagt hatte. Die Wohnung wurde komplett umgestellt. Gerda und ihr Bräutigam Schurli, der sich als Elektriker entpuppte, wurden mit fünf Päckchen exklusiver Nil-Zigaretten bestochen und halfen bei der Umgestaltung der Merkelschen Behausung voll mit. Schurli gelang es, eine köstliche und verführerische, vor allem aber schummrige Beleuchtung von Lila über Giftgrün bis Bordeauxrot in allen gewünschten Räumlichkeiten einzurichten.

Das Klavier wurde aus dem Tabu-Musikzimmer in den Wintergarten gebracht. Dort fand dann bis spät in die Nacht die Probe der Band statt. Inzwischen waren die Nichtmusikanten damit beschäftigt, alle aus den Betten entfernbaren Matratzenteile sowie sonstige Pölster, Fauteuils und Sofas mit Seidentüchern aus der reichen Kollektion der Mama zu verhüllen, so daß bald in der ganzen Wohnung kuschelige Sitz-/Liegegelegenheiten verteilt waren. Papas nutzlos gewordene zwölf weiße Rosen wurden als Schmuck für den großen Salon verwendet. Dabei ergab sich, daß es doch unvermeidlich war, Mamas kleinen, intimen Salon mit einzubeziehen, da die dortige Chaiselongue ganz einfach der beste Platz für ein bisserl Schmuserei für jene sein würde, die nach einem wilden Charleston richtig in Stimmung gekommen waren. Alle fanden, daß die Generalprobe schon fast das halbe Fest sei.

Dieses übertraf am Samstagnachmittag und -abend aber doch alle Erwartungen Kurtls. Die Gäste benahmen sich eigentlich prima und unterhielten sich offenbar bestens. Anfänglich gab es lediglich ein Problem, nämlich daß man übersehen hatte, daß Kurtls Vater Nichtraucher war und daher im ganzen, ansonsten gastlichen Haus nur wenige Aschenbecher angetroffen wurden. In der Folge entstanden dadurch vereinzelt kleine Brandherde, die aber von Schurli und Lolo stets schnell gelöscht werden konnten. Der Wein und vor allem drei Flaschen köstlichen Eierlikörs, den Kurtl in einem Fach von Papas Bibliothek entdeckt hatte, begannen ihre Wirkung zu tun. Der süße Likör hatte es besonders auch Gerda und Schurli angetan. Die Stimmung veränderte sich jeweils nach Menge des genossenen Alkohols. Die Musik wurde erst lauter, dann leiser, und schließlich spielte nur noch das Grammophon, aus Vorsichtsgründen immer auf Zimmerlautstärke.

Es ging auf Mitternacht. Der Hausmeister hatte nach einem Riesenschmattes von drei Schilling das Haustor für die ganze Nacht offengelassen. Einige Gäste gingen, um bald darauf mit Freunden wiederzukommen. Kurtl fand, er habe nun genug für die Party getan und wollte sich auch selbst unterhalten. Er versuchte, Lumpi auf die Couch zu kriegen. Diese aber wollte zuerst noch Likörkirschen verspeisen. Leider setzte sich Kurtl bei seinen leidenschaftlichen, aber noch nicht sehr professionellen Bemühungen,

Lumpi zu umarmen, auf die Bonbonniere. Ein großer, rot-brauner Kirschen-Schokolade-Fleck breitete sich auf Mamas Leopardenfell aus. „Das schönste ist das gedämpfte Licht", fand Kurtl, als der Lärm losging. Türen krachten, laute Stimmen waren zur hören, vor allem die Lydias, Quietschtöne von Mädchen, Murren von Buben. Plötzlich stand Lydia in der Tür zu ihrem intimen Salon. Sie hatte die ganze Bescherung gesehen, das Chaos allerorts, die schmusenden, jetzt aufgeschreckten Paare, den Zigarettenrauch, das schummrige Licht. Wie in einem Bordell!, durchzuckte es sie, das ging zu weit. „Kurtl!" schrie sie ihren Sohn an, den sie plötzlich im Halbdunkel des kleinen Salons auf der Chaiselongue entdeckte. „Unerhört! Ganz unerhört! Das ist ein Skandal! Ich frage dich: Was ist das für eine Beleuchtung?" Und Kurtl, versonnen: „Eine rote, Mama!"

Lydia war zwar auf Kurtl wütend, da jedoch dessen Gäste, die Situation richtig erfassend, fluchtartig die Szene, die zum Tribunal zu werden drohte, verlassen hatten, legte sich auch bald ihr schlimmster Ärger. Dies um so mehr, als sie einen aufmerksamen Zuhörer für den Bericht über ihren ebenso unerwarteten wie großen Triumph in Vöslau brauchte. Sie beruhigte daher den verstört vor sich hin starrenden Buben und zog ihn in das Herrenzimmer, das von der Partyschlacht unberührt geblieben war. „Stell dir vor, Kurtl, was wir in all dem Unglück für ein Glück gehabt haben! Auf die Weise ist es auch noch gelungen, dein orgiastisches Kinderfest rechtzeitig zu stoppen. Also Schwamm drüber! Jetzt aber paß auf, was passiert ist. Ich erzähl dir die Geschichte vom Bridgeturnier und von der wundersamen Rettung der Firma Merkel, Reifenstein & Co." Sie begann in allen Details dem aufmerksam zuhörenden Sohn, der glücklich war, daß Mama auf die Weise völlig vom Chaos in der Wohnung abgelenkt wurde, zu berichten.

Lydia Merkel war also am Freitag, wenn auch zutiefst bedrückt durch die nicht zuletzt von ihr verschuldete katastrophale Lage ihres Mannes, nach Vöslau gefahren, wo das Turnier programmgemäß seinen Anfang nahm. Alles lief normal, bis Lydias Partnerin, Isolde Parnegg, eine der Favoritinnen des Turniers, beim Betreten des Speisesaals im Kurhaus über eine Stufe stolperte und sich den Knöchel brach. Natürlich wurde sie sofort mit der Ambulanz nach Wien ins Krankenhaus gebracht und dort bestens verarztet. Das Problem aber war, einen Ersatz für sie zu finden, eine Person von gleicher Fertigkeit im Bridge, die für den entscheidenden Schlußteil des Turniers am nächsten Tag, dem verflixten Samstag, in Frage kam. Dr. Arthur Sohlstecher, Rechtsanwalt und Verteidiger in Strafsachen, derzeitiger Präsident des Clubs, telephonierte mit einer Anzahl von Koryphäen, die aber alle entweder abwesend oder sonst verhindert waren. Lediglich Bobby Stein, dessen Name in Bridgekreisen stets mit großer Ehrfurcht genannt wurde, wäre zwar, wie er betonte, frei. Er lehnte es aber kategorisch ab, mitzumachen, da er es nicht notwendig habe, als Ersatz für eine knöchelbrüchige Baronin in ein bereits laufendes Turnier einzusteigen.

Sohlstecher beriet sich schließlich mit einem der prominentesten Teilnehmer, Hansi Stiegler, von Zivilberuf Bankier, einer der bekanntesten Turnierspieler der Wiener Bridgegemeinde. Dieser erinerte sich vage, daß ihm sein Kollege Viktor Fiala von der Merkurbank kürzlich in der Pause einer Sitzung des Bankenverbandes erzählt hatte, daß seine Frau Lisette ,eine geborene Schmöller, deren Familie ebenfalls seit Generationen zu den ersten Finanzadressen des Landes zählte, sich seit neuestem wieder ihrer Jugendleidenschaft, dem Bridge, zugewandt habe. „Da sitzt der Hase im Pfeffer", meinte Stiegler erleichtert. „Denn wenn Bridge schon ihre Jugendleidenschaft war, muß sie wohl eine sehr versierte Spielerin sein." Er schritt sofort zur Tat, rief den Kollegen Fiala an und ersuchte den Diener, der ihm mitteilte, daß die Herrschaften Gäste hätten, den Hausherrn doch zu stören. Es sei sehr dringend.

Fiala war sofort am Apparat. „Lieber Hansi, ich weiß, du willst mich bei der Wandl-Anleihe der Mährischen Hypo dabeihaben. Aber ich fleh´ dich an, wir brauchen noch zwei Wochen Zeit, unser Aufsichtsrat möcht´ sich das Engagement doch noch anschauen. Bitte also ergebenst, noch diese kleine Nachdenkpause!" Fiala war sehr erleichtert, als er von Stiegler erfuhr, daß keineswegs sofort Entschlüsse in Sachen Mährischer Hypo von ihm erwartet würden. Er strich sich zufrieden über sein Bäuchlein und versprach, sogleich mit seiner Frau zu sprechen. Diese werde sicher geehrt sein, bei einem so renommierten Bridgeturnier einspringen zu können. Stiegler möge doch am Apparat bleiben. Aus selbigem hörte Stiegler bald eine weibliche Stimme: „Guten Abend, lieber Hansi, wie nett, daß Sie an mich gedacht haben. Erinnern Sie sich doch, wir zwei haben auch schon Turniere miteinander gespielt. Allerdings beim Weinviertler Tennisturnier. Ganz richtig, bei der Tupsy Brunnstein, damals hat ja der Rudi Portolingo gewonnen. Also, Hansi, ich bin gern bereit, es ist zwar ein bisserl knapp. Aber gerade das Vöslauer Centropa-Turnier interessiert mich persönlich sehr. Ich bin morgen pünktlich zur Stelle. Mein Viktor, der rührende, führt mich gerne hinaus. Allerdings nur, wenn er – schweigend wie ein Grab – kiebitzen darf."

Allgemeine Erleichterung. Sohlstecher informierte seinen Vorstand. Alle stimmten freudig zu, Zweifel an der Qualifikation Lisette Fialas kamen schon deshalb nicht auf, weil ein so fulminanter Bridge-Experte wie Hansi Stiegler sie vorgeschlagen hatte. Nur die Merkel schaut so komisch aus der Wäsch´, dachte sich Sohlstecher. Aber da kein Einspruch kam, war die Sache schnell erledigt. Am Samstag traf Lisette Fiala am Arm ihres Viktor pünktlich ein und wurde geräuschvoll begrüßt. Lydia Merkel hielt sich tunlichst im Hintergrund. Sie erschrak allerdings gewaltig, als sie nach der Einteilung plötzlich die Fiala als ihre Partnerin auf der Liste fand. Nervös versuchte sie, auf dem nassen Asphalt der Kurhauseinfahrt auszurutschen, um unter Vortäuschung eines verstauchten Fußes dem restlichen Turnier nach Muster Parnegg zu entgehen. Schon begann sie auszugleiten, als Hansi Stiegler hilfreich ihren Arm nahm. „Verehrteste Gnädigste, das dürfen S´ uns nicht antun, noch dazu jetzt, wo wir Ihnen in der kongenialen Lisette Fiala eine ebenbürtige Partnerin gefunden haben."

Lydia gab auf, ging zu ihrem Tisch und lief Lisette schnurstracks in die Arme. Diese sah ihr geradeaus in die Augen. Lydia glaubte einen Moment lang eine Träne an Lisettes Wange zu entdecken, als diese sie ansprach: „Lydia, du warst nicht sehr nett zu mir in den letzten Tagen, aber ich habe mich benommen wie ein Schwein. Ich weiß jetzt, in welcher Lage du samt Familie bist. Ich möchte mich entschuldigen. – Jetzt aber brauche ich deine Hilfe. Gestern hat mich der Stiegler hier als Ersatz für die Parnegg zum Turnier eingeladen. Ich Trottel hab aus lauter Freud´ und Eitelkeit zugesagt. Ich hab´ aber heute nacht keine Minute geschlafen, weil ich völlig vergeblich versucht habe, mir die Bridgeregeln und Usancen wieder ins Gedächtnis zu rufen. Heute hab´ ich dann, in aller Früh, noch ein Büchel „Bridge für Fortgeschrittene" gekauft. Verstanden hab´ ich nur die Hälfte. Das wird eine furchtbare Blamage für mich. Wir sind nun einmal zum Paar bestimmt worden – du wirst also auch mitverlieren. Nur dich werden sie bedauern, während sie mich mit dem nassen Fetzen hinausjagen und nie wieder einladen werden. Dabei hab´ ich mich schon so auf´s Bridge gefreut. Weißt du, jetzt, wo man ein bisserl älter und kurzatmiger wird, komm´ ich beim Tennis nicht mehr so richtig mit. Ich weiß nicht, was jetzt geschehen soll, aber kannst du mir helfen?"

Lydia überlegte, dachte einen Moment an den Triumph, wenn Lisettes Ignoranz an den Tag käme. Doch schob sie den Gedanken gleich beiseite. Nein, das wäre ganz falsch. Sie würde das „Teamwork" probieren, und zwar bedingungslos. „Lisette, ich kann dir nichts versprechen, denn es sitzt noch ein Paar am Tisch. Ich spiele halbwegs gut in Turnieren und hoffe auf ein Quäntchen Glück. Beim Bridge gibt es kein Schwindeln, wir müssen so spielen, daß wir siegen. Versuche mir zu folgen, wenn es zum Lizitieren kommt! Alles andere ist Schicksal." Lisette gab Lydia ein scheues Busserl auf die linke Stirn und bedankte sich.

Das Turnier ging weiter und schließlich dem Ende zu. Das Paar Fiala-Merkel schlug sich recht wacker. Lisette überließ Lydia, wo immer möglich, die Führung, und diese hatte den vielleicht stärksten Tag ihrer Bridgekarriere. Zuletzt gingen sie als drittbeste aus dem Turnier hervor. Das war bereits eine kleine Sensation, denn die beiden erstplazierten Paare waren international bekannte Könner.

Lydia war, wie jeder Spieler, der gewinnt, zufrieden. Glücklich war sie allerdings überhaupt nicht, denn sie wußte, wo es nun langgehen würde. Keine Siegesfeier, schnellstens zurück nach Wien, Kurtls Fest überwachen und auf Egon warten. Lydia ahnte, daß es ein trauriger, zerstörter Egon sein würde, der nach Wien zurückkehrte, denn sein Bruder würde ihm diesmal wohl kaum helfen können, ohne seine eigene Firma zu riskieren. Das aber war zuviel verlangt. Lydia wußte auch, was dann folgen würde: Aus für Merkel, Reifenstein & Co., Schluß mit dem feinen Leben, Schluß mit Venedig, mit Dover und selbst mit dem Steyr 100.

Sie ging zur Garderobe, um sich Mantel und Reisetasche zu holen. Als sie das Miniköfferchen nahm, in dem sie Waschzeug und Nachthemd für die eine Nacht in Vöslau verstaut hatte, fiel ihr eine spaßige Abkürzung aus ihren und des Jahrhunderts frühen zwanziger Jahren ein – auch schon 15 Jahre her: Damals wurden solche Größttaschen oder Kleinstkoffer nach der amerikanischen Luxusautomarke "Buick" genannt – als Abkürzung für Beischlafutensilienkoffer. Lydia mußte lächeln. Wie lange das her war. Sie gab der Garderobiere zwei Schilling und wollte nichts als nach Hause. „Küß die Hand, gnä´ Frau, danke tausendmal, gnä´ Frau!" In solchen Zeiten zwei Schilling Trinkgeld! Lydia ging, um nicht aufzufallen, die Halle des Kurhauses seitlich hinunter zum Ausgang. Plötzlich rief jemand: „Frau Merkel, gnädige Frau, bitte nur einen Moment!" Es war der rundliche Viktor Fiala, der ihr behende zappelnd nachlief. Er nahm ihre Hand und küßte sie. „Ich möchte mich im Namen meiner Frau und im eigenen, wenn Sie mir gestatten, herzlichst bedanken. Sie haben nicht nur Lisette und damit auch mich vor einer Riesenblamage bewahrt. Sie haben uns, was noch wichtiger ist, geholfen, das Leben und die Wichtigkeit der Dinge in einer richtigen Perspektive zu sehen. Seien Sie versichert, wir werden das nicht vergessen. Bitte grüßen Sie Ihren Mann, ich werde Montag im Kreditkomitee die nötigen Anträge stellen. Um Merkel, Reifenstein & Co. muß er sich gegenwärtig keine Sorgen mehr machen. Und noch eine Kleinigkeit. Nächsten Samstag haben wir wieder ein paar Freunde zum Souper. Wenn Sie Zeit haben sollten, und keine Verkühlung, wir würden uns sehr freuen." Küßte Lydias Hand und verschwand.

Kurtl fiel seiner Mama nach dieser Erzählung um den Hals. Egon detto, als er am nächsten Morgen, wie erwartet erfolglos, aus Dresden heimkehrte. Lydia hatte auch ihm die Geschichte ganz genau erzählt. Als sie ihn nachher ansah, heulte er wie ein Schloßhund. Die Story des Bridgeturniers wurde Lydias großer Schlager. Ihre Mutter, ihre Brüder Leo und Luis, alle bekamen sie aufgetischt. Am folgenden Samstag aber eilten die Merkels zum Souper bei Fialas. Egon trug einen Strauß mit zwölf weißen Rosen in der Hand.

Fünfzehnte Geschichte

ALLEGRO MODERATO

Oberlandesgerichtspräsident Matthias Straubenwein, ein großer, schlanker Endfünfziger, tat einen tiefen Zug aus seiner kurzen Pfeife, bevor er die Frage seines langjährigen Freundes und Schulkollegen, des Apothekers Fritz Seitz, beantwortete: „Ja also, an sich sind Notare besonders solide und seriöse Leute. Darüber hinaus können sie in ihrer Mehrzahl als recht wohlhabend bezeichnet werden. Sie haben es daher nicht notwendig, bei jeder Causa explicite auf ihren eigenen Vorteil zu achten wie etwa die ihnen ansonsten ja berufsverwandten Advokaten. Ein guter Advokat ist oft schlauer und gebildeter als ein Notar. Dieser jedoch ist aufgrund seiner Position von vornherein dazu erzogen, stets bis zum letzten I-Punkt gesetzeskonform zu handeln. Deshalb werden ja alle wichtigen Verträge, die von den Advokaten ausgehandelt wurden, vom Notar nachher noch überprüft und beglaubigt. Wenn du deine Entschlüsse bezüglich der Zukunft deiner Tochter daher nur von der Seriosität und Bonität deines potentiellen Schwiegersohnes abhängig machen willst, dann bist du bei dem jungen Michael Korränder auf festem Boden. Die Kanzlei Korränder ist übrigens schon seit Generationen eine erste Wiener Notariatsadresse gleich neben dem Handelsgericht in der Riemergasse. Ob diese Erwägungen allerdings ausreichen, um die romantischen Träume deiner Rosmarie zur Erfüllung zu bringen, das, lieber Freund, darfst du nicht einen trockenen Richter wie mich fragen. Da wäre schon eher unser Maturakollege Max Kvaternik zuständig, du weißt schon, der aus Marburg – heut´ muß man ja Maribor sagen. Denn der Kvaternik hat bekanntlich beim Wagner-Jauregg in Wien Psychiatrie studiert."

Straubenwein und Seitz saßen nach einem Mittagessen noch gemütlich im Restaurant des Grazer „feinbürgerlichen" – wie sich erstklassige, leicht altmodische Häuser damals gern zu bezeichnen pflegten – Hotels Erzherzog Johann. Der Pharmazeut Fritz Seitz machte sich erhebliche Sorgen um seine Tochter Rosmarie und deren „vie amoureuse". Diesen Ausdruck gebrauchte seine Triestiner Gemahlin Kiki mit Vorliebe. Sie war seit einem Institutsaufenthalt in Lausanne – obwohl dieser nun bald drei Jahrzehnte zurücklag – betont frankophil in Sprache und Kleidung. Das hatte nach Ausbruch des Ersten Weltkriegs sogar dazu geführt, daß ein treuer Kämpfer des Deutschen Schulvereines Südmark namens Johann Jakolnigk, von Beruf Frauenarzt in Graz, sie, wenn auch fruchtlos, als französische Agentin zur Anzeige gebracht hatte.

Ganz typisch übrigens, hatte der Apotheker damals über diese Geschichte geurteilt, denn die Mediziner pflegten schon immer auf die Apotheker hinabzublicken. Diese wurden als „Schmalspurakademiker" bezeichnet, die im „Gewölbe" ihre Pillen drehten und damit gleichzeitig ihre Kassen füllten. Die aufgeblasenen Ärzte hingegen behandelten in fein austapezierten Ordinationen der Grazer Innenstadt die „Weh-

wehchen“ der Gräfinnen, Hammerherrn- und Kommerzialratsgattinnen, aus denen sich die steirische Haute volée grosso modo zusammensetzte. Fritz Seitz, ein an sich friedlicher, belesener und feinsinniger Mann, hatte einmal, als er sich wieder über den Jakolnigk und dessen durch etliche Schmisse veredeltes Gesicht ärgern mußte, gesagt, „Wenn ich Jakolnigk heiße, aus dem Bezirk Cilli stamme und wahrscheinlich selber ein halber Windischer bin, dann spiel´ ich doch nicht den schwarz-weiß-roten Obergermanen in altdeutscher Farbenpracht und mit direkter Abstammung von Wotan und Brunhild.“ Trotz dieser kritischen Bemerkungen in Sachen alldeutschen Verhaltens war Fritz Seitz selbst übrigens keineswegs besonders klerikal, monarchistisch oder gar sozialdemokratisch angehaucht. Er fühlte sich einfach als liberaler Bürger seiner schönen Heimatstadt Graz und wußte mit dem ideologischen Larifari, das aus allen Richtungen immer radikaler auf ihn zukam, nichts anzufangen.

Der Gerichtspräsident bestellte noch eine Zigarre und widmete sich dann wieder dem eigentlichen Thema dieses Mittagessens, wieso denn eigentlich plötzlich die ja erst zweiundzwanzigjährige Rosmarie so hudriwudri unter die Haube gebracht werden müsse. Der arme Seitz krümmte sich wie ein Wurm. Dann erbat er vollste Diskretion. Diese konnte Straubenwein unter Hinweis auf sein hohes Richteramt unschwer zusagen. Nun endlich gestand der Apotheker, nachdem er sich noch mit Hilfe eines doppelten Cognacs – wenn das seine Kiki gewußt hätte, bei seinem Blutzucker – Mut zugetrunken hatte, die Sache sei die, Kiki und er seien durch Zufall draufgekommen, daß die Rosmarie in einen Musiker verliebt sei, ja womöglich sogar – naja er wolle nicht sofort das Kind mit dem Bade verbrennen, aber…

Jetzt kannte Straubenwein sich aus. Aufgrund der Erfahrungen aus Hunderten Strafprozessen seiner langen Richterlaufbahn wußte er Bescheid, jetzt stand er auf festem Boden. In dieser schweren Stunde mußte er seinem lieben Freund helfen. Er erinnerte sich: Wann immer Angeklagte anfingen, in Beweisnotstand Sprichworte durcheinanderzubringen, um dann zu stottern, dann, ja genau dann stand der Fall unmittelbar vor der Aufklärung. Es war dann gewöhnlich nur noch eine Frage von Minuten, bis man den Täter zu einem erlösenden Geständnis bewegen konnte. Straubenwein betrachtete den verstört sein schon beinahe geleertes Cognacglas auf dem Tisch herumschiebenden Seitz. Blitzschnell überlegte er mildernde Umstände, natürlich, da gab es jede Menge für den Fritzl, man konnte ihn ja auch psychiatrieren, er war ja öfter ein bissel sonderbar in letzter Zeit. Ja, unbedingt psychiatrieren, man würde den Kvaternik bitten, der kriegt das sicher hin, mit dem Renommee vom Wagner-Jauregg.

Im Moment aber, das wußte der Justiz-Profi Straubenwein besser als jeder andere, mußte er seinen Freund Fritz mit helfender Hand weiterführen und ihn vorerst zum befreienden Geständnis geleiten, das half immer. „Fritzl, bitte beruhige dich, vergiß die Sprichworte, red leiser, denn der Kollege Wilhelm Ritter von Kaan, unser Advokatenkammerpräsident, sitzt am nächsten Tisch und hört immer gern Neuigkeiten. Aber, Fritzl, sprich offen zu mir, die Wahrheit hilft dir sicher. Sag, hast ihn erschlagen, den Falotten, oder hast ihn niederg´schossen?"

„Wieso ich? Wen? Wen denn bitte...?" stotterte Seitz fast unhörbar, denn der Präsident Kaan, der dank der seinerzeitigen Funktion als Landeshauptmann natürlich riesige Autorität besaß, hatte wirklich schon interessiert den Kopf gewandt. „Wen?" versetzte Straubenwein. „Wie soll ich das wissen? Den Musikus halt, der dein armes Kind... Also wie auch immer, was war er denn, dieser Falott? Und wer? Vor allem wer? Wahrscheinlich der Trompeter beim Zirkus Medrano, den wir alle einschließlich deiner Gnädigsten und der Rosmarie bei der Zirkuspremiere so bewundert haben. An dem Abend bei der Premiere, da sind wir doch gestanden, der Landeshäuptling Stepan, der Zirkusdirektor, der Landesgendarmeriekommandant und noch ein paar Großkopferte. Und dann hat doch der schwarze Trompeter aus Abessinien ein Solo geblasen. Also bitte, ich bin natürlich gegen jeden Rassenhaß, aber Fritzl, kein Mensch wird dir verübeln können, wenn du in deiner Verzweiflung und Wut... Ich glaub, wenn wir das geschickt machen, mit einem Eins-a-Verteidiger, vielleicht" – jetzt flüsterte der Gerichtspräsident wieder ganz leise – „mit einem Verteidiger von hundertprozentiger Integrität wie dem Herrn von Kaan, könnt´ bei den Geschworenen für dich ein Freispruch herausschauen. Im schlimmsten Fall ein paar Jahre in Karlau, aber das wird sich mit ein bisserl Glück bestimmt abkürzen lassen. Fritz, so kriegen wir es hin. Wenn du willst, red´ ich gleich mit dem Kaan hier, bevor wir zur Polizei gehen."

Der Apotheker zitterte am ganzen Körper. Er versuchte aufzustehen. Ein Ober eilte herbei: „Fühlen sich der Herr Magister nicht wohl, vielleicht ein Speisesoda gefällig?" Seitz winkte ab, ließ sich wieder nieder und wandte sich zu Straubenwein. „Matthias, ich flehe dich an, das ist eine ganz entsetzliche Konfusion. Ich habe niemanden erschlagen, geschweige denn erschossen. Ich war ja auch im Krieg nur bei der Sanität. Ich kann gar nicht schießen, vor allem aber kann ich kein Blut sehen. Deswegen hab ja ich die Apotheke von Onkel Karl übernommen und mein Bruder die Zahnarztpraxis vom Papa. Also glaube mir, ich hab´ niemandem was getan. Geschweige denn dem Musiker von der Rosmarie, den kenn´ ich überhaupt gar nicht."

Straubenwein war merklich enttäuscht. „Ja, wenn du keinen erschlagen hast, warum regst du dich so auf? Was hast du gegen den Musiker, den du nicht kennst? Wer ist das überhaupt?" Seitz klärte seinen Freund auf, daß der Musiker Geiger sei und in Wien lebe. Darauf meinte Straubenwein: „Gut, aber ein Geiger in Wien ist doch was ganz Ordentliches, der Johann Strauß war auch ein Geiger in Wien, der war sogar ein Genie." – „Aber der Geiger von der Rosmarie ist weder der Johann Strauß noch sonst ein Genie", versetzte der Apotheker. „Er ist Zweiter Geiger bei den Wiener Philharmonikern, und er ist verheiratet. Seine Frau heiß Antschi."

Seitz gestand weiter, daß er und seine Kiki, nachdem sie der Korrespondenz zwischen Rosmarie und Peter Jelinek, Mitglied der Wiener Philharmoniker, wohnhaft in der Josephstädter Straße, Wien VIII, auf die Spur gekommen seien, ein teures Detektivbüro bemüht hätten. Diesem verdankten sie alle weiteren Einzelheiten über den 33jährigen Herrn Jelinek, seinen Familienstand und seine Einkommensverhältnisse. Rosmarie habe diesen Jelinek offenbar letztes Jahr, als sie in der winterlichen Ballsaison von ihrer Tante Nora nach Wien eingeladen und zu etlichen Bällen mitgenommen worden war, kennengelernt. Daraus habe sich eine wilde Affäre entwickelt, die, so wie es bisher aussah, nicht zu bremsen sei. Dabei denke der Jelinek gar nicht daran, sich scheiden zu lasen. Seine Antschi ahne nichts von der ganzen Geschichte, liebe ihn heiß und warte nur auf Nachwuchs.

Einziges Glück im Unglück sei, daß die Rosmarie im Hause der besagten Tante Nora bei einer kleinen Soiree den jungen Notariatskandidaten Dr. Michael Korränder kennengelernt habe, der sich seinerseits offenbar sehr für das Mädel interessiere. Im eben zu Ende gegangenen Sommer sei man in Altaussee, wo die weitverzweigte Familie Seitz seit ewig ihre Ferien verbringe, bei einem Seefest mit Korränder, seinen recht netten Eltern und einem noch studierenden Bruder – Welthandel oder so was Neuartiges – zusammengetroffen. Rosmarie habe zumindest an diesem Abend beim Steirisch-Tanzen und danach auch während der unvermeidlich folgenden Salzkammergut-Schnürlregen-Woche anläßlich etlicher Kegelpartien und Ausflüge nach Hallstatt oder Goisern zum Zwecke des Saibling-Essens den Herrn Jelinek offenbar weitgehend vergessen. Sie ließ die Korränderschen Huldigungen mit merkbar wachsendem Vergnügen über sich ergehen. Schließlich seien die jungen Leute sogar übereingekommen, sich im Herbst bei einem Fest des Grafen Ossi Hirberstock-Salmund, den man bei einem Meranschen Scheibenschießen in Grundlsee kennengelernt habe, in dessen Schloß unweit Hartberg wiederzusehen.

Kaum aber waren Fritz und Kiki samt Tochter herbstens nach Graz zurückgekehrt und der Apothekeralltag hatte wieder begonnen, als auch schon erneut ein Telegramm „poste restante", Hauptpost Graz, eintraf. Irgendwie hatten die Privatdetektive von dessen Ankunft, wenn auch nicht von seinem Inhalt, Wind bekommen. Fritz Seitz war außer sich vor väterlicher Sorge, vielleicht auch vor Eifersucht. Er stellte Rosmarie zur Rede. Diese verwies einerseits auf ihre Großjährigkeit, andererseits darauf, daß sie fast mit ihrem Pharmaziestudium fertig sei und, wenn es sein müsse – falls ihr Vater sie nun verstoßen wolle, wie sie schluchzend zu bedenken gab –, halt bei einer anderen Apotheke tätig sein werde. Nun schluchzten Vater und Tochter gemeinsam. Glücklicherweise war Kiki zum Einkaufen in der Stadt. Das Match endete unentschieden. Rosmarie weigerte sich, zum Thema Jelinek irgendwelche konkreten Aussagen zu machen. Sie lasse sich nicht nachspionieren, war der einzige Hinweis darauf, daß sie von den Aktivitäten der in der Tat recht hoppadadschigen Detektei Bescheid wissen könnte.

Deprimiert kehrten Vater und Tochter aus der Familienvilla in die Innenstadt zurück; Rosmarie ging zur Universität, Fritz Seitz in seine Apotheke. Dort erwartete ihn seine Magistra. „Es ist schon wieder ein Expreßbrief von der Firma „Orkusauge" aus Wien eingetroffen. Ist dem Herrn Apotheker etwas gestohlen worden, oder geht es um das Fräulein Tochter?" wurde er spitz gefragt. Wütend schmiß er die Tür zu seinem Zimmer zu, zog sich den weißen Apothekermantel an und riß das Kuvert auf, von dem ihn irgendwie erschreckend ein blaues Auge anglotzte. Man habe, so hieß es wichtigtuerisch im Schreiben der Detektei, in Erfahrung gebracht, daß Jelinek nächste Woche Besuch aus Graz erwarte, da seine Frau Antschi verreisen werde. Voraussichtlich werde der Besuch am kommenden Dienstag erwartet, weiblichen Geschlechts sein und eine Nacht bleiben. Dies ergebe sich daraus, daß Jelinek, wie stets bei solchen Besuchen, im Hotel Brauner Hirsch auf der Alserstraße ein Zimmer auf den Namen seiner Schwester reserviert habe. Weitere genaue Auskünfte würden demnächst folgen, ein Erlagschein liege bei.

Dieser Brief war es, der zum Anruf des ob des Inhalts verzweifelten Pharmazeuten bei seinem Freund, dem Oberlandesgerichtspräsidenten, und damit zur Vereinbarung des Treffens im Hotel Erzherzog Johann geführt hatte.

Straubenwein hatte sich den Bericht seines Freundes aufmerksam angehört. Nachdem es nun offenbar nicht mehr um Totschlag, sondern um die Lösung einer anscheinend recht banalen Liebesgeschichte ging, fühlte sich der hochrangige Richter gleichzeitig unter- und überfordert. Andererseits konnte und wollte er seinen alten Freund nicht im Stich lassen. „Wir können die Affäre nur an der Achse Jelinek aufbrechen. Dann wird sich alles andere von selbst ergeben. Bitte, du mußt jetzt klug sein, dich und Kiki zurückhalten. Wir müssen alle in die Falle locken! Ihr, deine Frau und du, werdet zwar protestieren, wenn Rosmarie zwei Tage nach Wien fahren will, aber nichts tun, um sie abzuhalten. Das ´Orkusauge´ soll weiter alles, was möglich ist, feststellen und dich laufend informieren. Bitte, gib alle Informationen an mich weiter, dann werde ich versuchen, dir meinerseits behilflich zu sein. Ein Kriegskamerad von mir, der nach seiner Verwundung im Evidenzbüro des Generalstabes tätig war und nach dem Zusammenbruch arbeitslos wurde, hat seit Jahren in Wien ein Detektivbüro. Der Mann ist hochanständig und verläßlich. Ich werde ihn ersuchen, in der Sache aktiv zu werden, wenn du einverstanden bist." Der Apotheker war mit allem einverstanden.

Peter Jelinek half seiner Frau beim Kofferpacken. Antschi war untröstlich, daß sie ausgerechnet jetzt, da sie sich so auf die Neunte Beethoven gefreut hatte, zu ihrer erkrankten Mama nach Linz mußte. Aber ihre Schwester war im siebten Monat – sie, Antschi, leider noch keineswegs –, ihr Bruder war kein guter Pfleger und außerdem Ingenieur im fernen Uruguay, Gott sei Dank wenigstens nicht mehr arbeitslos. Daher war es völlig klar, daß sie die paar Tage im Spital bei Mama bleiben würde. Es war ja, wie ihr der Herr Primarius versichert hatte, kein ernster Eingriff. Nur daß sie Beethovens „Neunte" versäumen würde, betrübte sie sehr, wo doch ihr Peter gerade dieses Werk so gerne spielte. Am liebsten freilich hatte sie den ersten Satz „Allegro moderato...". Peter hatte sie am Tag ihrer Verlobung in die „Neunte" mitgenommen. So war dies Stück Musik zur Hymne ihrer Beziehung geworden.

Peter versicherte ihr immerhin, daß die Philharmoniker in der Frühjahrssaison die „Neunte" bestimmt wieder spielen würden. Dann aber werde er ausschließlich für sie geigen. Antschi fiel ihrem Peter tief gerührt um den Hals und versprach so schnell wie möglich zurückzukommen. Peter wollte sie mit der Stadtbahn zum Bahnhof bringen, aber Antschi winkte ab, ihre Mama habe ihr nicht nur Reisegeld, sondern auch Moneten für das Taxi geschickt. Noch ein großes Bussi, und weg war die Antschi. Nervös wartete nun Peter auf Rosmaries Anruf, hoffentlich hatte sie das Telegramm erhalten. Wegen ihrer strengen Eltern konnte er sie ja in Graz nicht anrufen. Sie mußte immer auf die Post gehen, weil zu Hause jedes ihrer Worte auf geheimnisvolle Weise abgehört wurde. Sie war ja schön, die Liaison mit dieser entzückenden Rosmarie, aber verteufelt kompliziert.

Das Telephon läutete. Nicht die Rosmarie war am Apparat, sondern das Orchesterbureau der Philharmoniker. Er müsse wegen Erkrankung eines Kollegen am Dienstag einspringen, habe daher am Mittwoch frei. Also nicht Mittwoch, den 8. November, sondern schon Dienstag, den 7. Sonst alles gleich, auch das Programm natürlich. Peter erschrak, denn das ganze Zusammensein mit Rosmarie war für Dienstag, den 7., ausgemacht. Nun würde er sie bitten müssen, halt einen Tag später zu kommen, und er würde das Proforma-Zimmer in dem kleinen Hotel auf der Alserstraße auch für einen Tag später reservieren lassen. Er buchte dieses Zimmer immer unter dem Namen seiner Schwester, die es allerdings nicht gab. Aber der Portier freute sich über das Trinkgeld, nickte verständnisinnig und stellte keinerlei Fragen, etwa, warum eigentlich das Fräulein Schwester immer erst um halb sechs Uhr früh ins Hotel käme. Klar, weil gegen sechs Peters Hausmeister in der Josefstädter Straße aufwachte.

Endlich rief Rosmarie doch an. Aber alles lief verkehrt. Ausgeschlossen, sie könne nicht verschieben, weil sie eine entscheidende Prüfung habe. Wenn sie zu der nicht anträte, würde sie das ganze Semester verlieren. Aber sie könne am Donnerstag kommen. Das gehe nun leider auch nicht, meinte Peter, weil da die Antschi zurückkomme. Das hätte er nicht sagen sollen. Rosmarie heulte los. Alles sei ihm wichtiger als eine Nacht mit ihr, Dienstag der Beethoven und Donnerstag die Antschi. Warum er ihr dann überhaupt noch telegraphiert habe? Da könne man ja gleich Schluß machen. Genau das allerdings konnte und wollte Peter in dieser Situation eben auch nicht. Deswegen faßte er einen folgenschweren Entschluß. Rosmarie solle wie vereinbart am Dienstag kommen. Er werde für das Konzert einen Ersatzmann finden. „Danke, Schatzi, Bussi, Schatzi!" Rosmarie hatte, wieder völlig beruhigt, eingehängt.

Peter stand da und wußte nicht, was tun. In Wien war eine Influenza-Epidemie ausgebrochen. Über zwanzig Mitglieder des Orchesters waren schon krank gemeldet. Er aber hatte eben dem ihn anrufenden Mann von der Inspektion versichert, daß er gerne morgen spielen werde. Die wußten also, daß er pumperlgesund war. Andererseits konnte einen die Influenza auch plötzlich überfallen. Er rief daher vier ihm bekannte arbeitslose Kollegen an. Zwei halfen bereits im Orchester aus, einer im Konzerthaus, einer in der Oper, der dritte gastierte in Preßburg und der vierte war selber krank. Was tun in einer solchen Situation? Rosmarie absagen war die einzige Lösung. Aber wie? Sie würde nicht mehr auf die Post gehen, weil sie ja telephonisch alles geregelt glaubte. Also müßte er bei ihren Eltern anrufen. Probieren, bis sie selbst am Telephon sein würde. Peter rief in Abständen von fünfzehn Minuten die Seitz´sche Privatnummer in Graz an. Bis sechs Uhr abends reagierte niemand. Dann hörte er einige Male eine weibliche Stimme, offenbar die von Rosmaries Mutter, und hängte wortlos ein. Ab sieben Uhr schließlich die Stimme des Vaters. Peter kam sich jedesmal, nachdem er aufgelegt hatte, noch letztklassiger vor.

Um acht Uhr wollte er es noch einmal probieren. Zweimal läutete es, ehe abgehoben wurde. Eine männliche Stimme sagte höflich: „Herr Peter Jelinek?" Peter reagierte automatisch: „Jawohl, hier spricht Jelinek, kann ich Fräulein Rosmarie sprechen?" – „Nein, sie ist leider noch auf der Universität. Hier spricht ihr Vater, kann ich etwas ausrichten?" Peter wußte nicht, was er sagen sollte. „Ich wollte mich nur nach dem werten Befinden erkundigen." Fritz Seitz versicherte ihm, Rosmarie ginge es bestens. Soviel ihm bekannt sei, würde seine Tochter morgen nach Wien fahren, um ihn, Jelinek, zu treffen. Er als ihr Vater nehme an, daß Jelinek als ein Mann von Ehre wisse, wie er sich zu verhalten habe. Peter sagte immer nur: „Jawohl, Herr Apotheker. Natürlich, Herr Apotheker." Und am Schluß, als Fritz Seitz das Gespräch beendete: „Meine Verehrung, Herr Apotheker!"

Die Absage war also auch schiefgegangen. Ein Ersatzmann war nicht zu finden. Oder doch? Peter fiel in seiner Not ein, daß er einen einzigen wirklichen Bewunderer hatte. Seinen Hausmeister. Der hatte als Kind Geigespielen gelernt und kratzte recht und schlecht auf dem Instrument herum, wenn auch mit viel Begeisterung. Peter hatte ihm auch schon oft Freikarten verschafft. Des aus den ehemals böhmischen Gebieten der Monarchie stammenden Hausmeisters einziger Wunsch war, einmal in die „Neunte" von Beethoven zu gehen. Aber da gab es nie Frei- oder Dienstkarten, denn diese Symphonie wurde eher selten gespielt und war immer schon lange vorher völlig ausverkauft. Peter Jelinek ging hinunter zum Hausmeister, läutete an. Dieser öffnete. „Guten Abend, Herr Jelinek!" – „Guten Abend, Herr Chlumetzky, sagen Sie, wollen Sie vielleicht morgen in die „Neunte" Symphonie von Beethoven gehen?" – „Aber Herr Jelinek, ist schenster Tag in meinem Leben." – „Gut, dann kommen Sie einen Sprung mit mir in meine Wohnung."

Glücklich, wenn auch etwas erstaunt, lief Hausmeister Chlumetzky hinter Jelinek in den zweiten Stock hinauf. In der Wohnung angekommen, nahm Jelinek seinen Frack samt Hemd aus dem Schrank. Er ersuchte Chlumetzky, sich zu entkleiden und den Frack zu probieren. Alles paßte wie angegossen, sogar die schwarzen Lackschuhe. „Das ziehen Sie morgen alles an, das Mascherl-Binden bring ich Ihnen noch bei." Chlumetzky bedankte sich erneut und überschwenglich. „Ich hab ja gar nicht gewußt, daß die Zuseher auch Frack anziehen missen bei der Neinten vom

Beethoven", stammelte er und fügte dann erschrocken hinzu: „Aber Herr Jelinek, was werden Sie anziehen, wenn ich Ihneren Frack anhab'? Sie kennen doch net im Ruderleiberl dort sitzen, mitten unter Ihre feinen Kollegen."

Nun lüftete Jelinek sein Geheimnis. Zum allergrößten Schrecken des Hausmeisters. Chlumetzky solle dieser an seiner, Jelineks, Stelle zweite Geige bei der Aufführung der „Neunten" spielen. Das hieß natürlich nur, so tun, als ob. Chlumetzky protestierte verzweifelt, er habe noch nie so was gespielt, könne doch eigentlich gar nicht geigen. Er würde alles falsch machen, nach kürzester Frist entlarvt und hinausgeworfen werden. „Keine Spur davon", beruhigte ihn der echte Geiger. Gerade morgen, wo wegen der Influenza eine Menge Ersatzleute im Orchestergraben sitzen würden, könnte Chlumetzky risikolos in dem Rudel der zweiten Geiger auftreten. Jelinek erklärte dem vor Aufregung immer stärker böhmakelnden und schwitzenden Chlumetzky, er müsse nur rechtzeitig durch den Eingang in der Bösendorferstraße den Musikverein betreten, den anderen Musikern einfach in die Garderobe nachgehen und dort dann die Geige auspacken. Nach dem zweiten Läuten solle er sich dann auf seinen Platz in der dritten Reihe des Orchesters, gleich auf dem zweiten Sessel vom Gang links, setzen. Dann solle er sich nur mit seiner Geige beschäftigen. Wenn ihn jemand anrede, solle er in schlechtem Deutsch darauf hinweisen, daß er Jelinek vertrete. Es würde ihn jedoch sowieso keiner fragen. Chlumetzky verwies noch einmal verzweifelt auf seine prekäre Lage und betonte, das einzige für ihn Machbare von dem, was ihm Jelinek angeschafft habe, sei das schlechte Deutsch. „Was soll ich machen, wenn der Herr Dirigent kommt und mir in die Augen schaut und ich kann nicht einmal den Geigenbogen bewegen?“ – „Kein Grund zur Aufregung, der Dirigent denkt nicht daran, Ihnen in die Augen zu schauen. Wenn er überhaupt jemandem in die Augen schaut, dann auf Ihrer Seite dem Stimmführenden der zweiten Geigen, der quasi als Verantwortlicher mehrere Plätze vor Ihnen sitzt. Lieber Chlumetzky“, erklärte Jelinek seinem Phantom-Geiger zum vierten Mal, „Sie tun ausschließlich das, was die Geiger vor und hinter Ihnen tun. Wenn Ihr Nachbar umblättert, warten Sie, dann fahren Sie im gleichen Rhythmus, aber um Gottes willen ein paar Millimeter über den Saiten, mit Ihrem Bogen über die Geige. Niemals dürfen Sie einen Ton verursachen, nur das wäre eine Katastrophe.“

„Sehr wohl, Herr Jelinek!“ wimmerte Chlumetzky. Langsam schien er sogar Gefallen daran zu finden, einmal im Leben als philharmonischer Geiger, noch dazu in der „Neunten“ von Beethoven, brillieren zu können. Er sah sich schon beim Stammtisch im Beisl in der Florianigasse von seinen Heldentaten berichten. Eine gewisse Sorge aber ließ sich nicht vertreiben: „Bitte scheen, Herr Jelinek, wird das nicht sehr auffallen, wenn eine Geige nicht spielt?“ – „Keine Spur“, erklärte Jelinek leichthin. „Da sitzen an die zwölf zweite Geiger in einem Wald von anderen Instrumenten. Das merkt kein Mensch. Man hört es nur, wenn ein Soloinstrument ausfällt. Aber Sie haben in dieser Symphonie bestimmt keine Solopartie.“ Jelinek beendete das Gespräch. „Machen Sie sich also keine Sorgen, Chlumetzky, passen Sie nur immer gut auf den Geiger neben Ihnen auf. Gehen sie in der Pause und am Schluß mit den anderen mit. Ich hol´ mir dann am nächsten Tag meinen Frack ab, und solange ich Philharmoniker bin, kriegen Sie Freikarten." Chlumetzky war beruhigt, nahm die Geiger-Klamotten mit, und Jelinek steckte ihm noch einen Fünfziger zu – für damalige Zeiten ein Vermögen.

Der entviolinisierte Jelinek war nervös, konnte nicht einschlafen, borgte sich aus Antschis Hausapotheke ein Schlafpulver aus, worauf er am entscheidenden Tag erst um zwei Uhr nachmittags erwachte. Er raste zum Südbahnhof. Der Schnellzug aus Graz dampfte gerade in die Halle. Rosmarie reichte ihm die Hand zum Kuß und den Koffer zum Tragen. Irgendwie wirkte sie ein wenig distanziert. Sie schritten die große Südbahnhofstiege zur Straße hinunter, als Rosmarie plötzlich ausrief: „Michel, Michel!" Ein nett wirkender, blonder junger Mann drehte sich um. Rundes, sympathisches Gesicht voller Sommersprossen. Er lachte glücklich. „Rosmarie, was für ein Zufall, kommst du aus Graz? Weißt, ich komm´ aus Bruck an der Leitha, eine große Verlassenschaft, ein Haufen Arbeit, aber eher fad." Michel wandte sich an Peter: „Gestatten, Michael Korränder!", und hielt dem Geiger-Deserteur unschuldig seine breite Hand hin. Dieser schüttelte sie. „Peter Jelinek, sehr erfreut."

Rosmarie entschuldigte sich bei den Herrn, die passende Vorstellung versäumt zu haben, aber so ein Zufall, gleich zwei alte Freunde gerade am Südbahnhof zu treffen. Jelinek tobte natürlich innerlich, konnte es aber nicht zeigen. Wenn Judas, als er Jesus verriet, eine Frau gewesen wäre, hätte deren Name wohl Rosmarie lauten müssen. Kurzes Geplauder. Rosmarie fragte, ganz die Unschuld vom Lande, was denn alle am Abend vorhätten. Peter, wie immer in seinem Leben etwas vorschnell, erklärte, er sei frei und würde Rosmarie gerne ausführen, am besten ins „Regina", da seien Wildbretwochen.

Michael stimmte begeistert zu. Er würde sich nur ein bissel verspäten, denn er habe Karten für den Musikverein – Beethovens Neunte Symphonie. Jelinek war wie vom Schlag getroffen. Rosmarie zwitscherte fröhlich weiter. Ihr wäre das eh recht, denn ihre Tante Nora habe insistiert, daß sie wie üblich in ihrem Hause nächtige und ihr heute bei einem Damentee und dessen Abwicklung helfen solle. „Großartig", schloß Michael das Gespräch. „So um neun, halb zehn im „Regina". Übrigens, ich hab´ meinen Wagen da, Rosmarie, ich setz´ dich, wenn du willst, bei deiner Tante am Rennweg ab. Auf Wiedersehen, Herr Jelinek, bis später!" Zum Schaden kam noch der beißende Spott. Rosmarie rief im Abgehen: „Nein, so was Nettes, wie man sich trifft. Ich freu´ mich auf den Abend." Schließlich mußte Peter dem enteilenden Paar noch über den ganzen Bahnhofsvorplatz mit dem Koffer nachlaufen, den er gedankenverloren in seiner Hand behalten hatte.

Große Pleite für Peter Jelinek. Das Liebesfest mit Rosmarie, von dem er seit dem Sommer geträumt hatte, war im Eimer. Eigentlich, so mußte der Geiger sich gestehen, war ihm auch schon die Lust vergangen. Das Zimmer im Braunen Hirschen konnte er absagen (umsonst geschmattet). Den Chlumetzky würde er noch schnell abfangen und dann halt brav wie ein Tanzbär wieder selber die zweite Geige spielen. Leider klappte das nicht. Denn als er gegen fünf in der Josephstädterstraße bei dem Hausmeister anläutete, öffnete ihm Frau Chlumetzky, begrüßte ihn rührend und versicherte, ihr Karli sei so aufgeregt gewesen, daß er schon um zwei ins Dampfbad gegangen sei, nur um frisch und pünktlich im Musikverein einzutreffen. Jelinek gab auf, ging die drei Treppen zum zweiten Stock (in Wien war damals das nicht mitgezählte Hochparterre noch obligat) hinauf. Als er die Tür öffnete, wunderte ihn, daß Licht im Vorzimmer brannte.

Dann fiel ihm die Antschi um den Hals. „Peter, danke tausendmal für die schönen Tulpen. Daß du so aufmerksam warst und die schon heute gekauft hast, wo ich doch erst übermorgen zurückkommen wollte. Macht nichts, Tulpen halten lang. Hast halt Sehnsucht gehabt." Sie betrachtete beglückt die bunten Blüten und fuhr dann fort: „Stell dir vor, die Mama haben sie wieder heimgeschickt! Sie hat, wie alle Leute momentan, auch eine Influenza, da wollen sie den Eingriff erst in zwei Wochen machen. Übrigens, der Onkel Oskar Luithlen, weißt du, der Kurdirektor in Bad Hall, der dich voriges Jahr bei den Festspielen in Gmunden so bewundert hat, war auf Besuch bei Mama und läßt dich fragen, ob du dich vielleicht bewerben möchtest; der Posten des Leiters vom Kurorchester dort ist ausgeschrieben. Philharmoniker freilich sind's dort keine!" Peter Jelinek hörte geistesabwesend zu. Vor allem dankte er dem Schutzengel, der ihm diesen komischen Notariatskandidaten am Südbahnhof über den Weg geschickt hatte. Nicht (oder sehr leicht) auszudenken, was passiert wäre, wenn er mit der Rosmarie der Antschi in die Arme gelaufen wäre... Der Geiger berichtete seiner maßlos erstaunten Antschi, daß er starke Kopfweh gehabt und daher den Chlumetzky als „Ersatzmann“ ins philharmonische Konzert geschickt habe. „Was du für Ideen hast“, meinte sie einigermaßen verblüfft, „wenn das nur gut ausgeht.“ Hingegen freute sie sich auf den abendlichen Ausgang ins „Regina“, weil sie ja immer gern neue, interessante Leute kennenlerne.

Im „Regina“ wurde es dann eine größere Gesellschaft. Michael Korränder hatte noch einen älteren Freund, den Präsidenten des Grazer Oberlandesgerichtes, Matthias Straubenwein, der zufällig an diesem Tag im Justizministerium zu tun hatte, mitgebracht. Ein reizender Mensch übrigens, fanden beide Jelineks. Zu Peters maßlosem Erstaunen – aber heute war ihm schon alles egal – erschien Rosmarie mit ihren Eltern. Diese waren sehr umgänglich. Der Apotheker Seitz zwinkerte Jelinek freundlich zu, klopfte ihm auf die Schulter und gratulierte ihm lautstark zu seiner entzückenden Antschi. Diese wiederum unterhielt sich blendend mit Frau Seitz und deren Tochter, „dieser reizenden kleinen Rosmarie“. Der Abend endete so harmonisch, wie er begonnen hatte. Lediglich Korränder berichtete gegen Schluß, als alle schon im Aufbruch waren, daß irgend etwas bei der „Neunten“ von Beethoven nicht gestimmt habe. Vielleicht lag es am Dirigenten, aber er, Michel, habe den Eindruck gehabt, als ob die Geigen zeitweise sehr dünn geklungen hätten. Allerdings verstehe er nicht genug von

Musik. Es waren auch ein paar Pfiffe im Publikum hörbar, aber dann habe sich alles wieder beruhigt.

Korränder schlug vor, noch auf einen Sprung in die Splendid-Bar auf ein Glasl Sekt zu gehen. Es wäre doch nett, mit den Grazer und den neuen Wiener Freunden weiterzufeiern. Alle beschlossen sich anzuschließen, nur die Jelineks täuschten Müdigkeit vor. In Wahrheit verdiente ein Geiger bei den Philharmonikern zu dieser Zeit viel zu wenig, um sich Nachtlokalbesuche leisten zu können. Überdies waren beide Jelineks in großer Sorge wegen Korränders Bemerkung in Sachen „Unstimmigkeiten" bei der Neunten Beethoven. Als sie gegen Mitternacht nach Hause kamen, war es in der Hausmeisterwohnung schon finster, und so beschlossen sie, bis morgen zuzuwarten, um sich von Chlumetzky informieren zu lassen.

In aller Früh, gegen halb acht, läutete es bei Jelinek Sturm. Ein rekommandierter Expreßbrief wurde, gegen Unterschrift, ausgehändigt. Jelinek ahnte schon alles, ehe er das Schreiben durchflog: Fristlos aus dem Verein der Wiener Philharmoniker ausgeschlossen, aus der Gesellschaft für Musikfreunde und dem Orchester ausgeschlossen, wegen empörenden, das Orchester schwer schädigenden Verhaltens. Antschi, selbst völlig verzweifelt, suchte Peter zu trösten. Der aber blieb ganz ruhig, wirkte wie abwesend. Ein Glück, daß das nicht in der Oper passiert war, denn dann wäre er dort seinen Posten los. Dann sagte er: „Das ist mir recht geschehen, Hochmut kommt vor dem Fall. Verlaß, meine Antschi, ist nur auf dich!"

Der Geiger wollte nur noch eines feststellen. Wieso war eigentlich sein Meisterplan mit Chlumetzky schiefgegangen. Der bleiche und verschreckte Hausmeister erwartete ihn schon und berichtete: „Zuerst ist alles gut gegangen, Herr Jelinek, sogar das Mascherl war ordentlich. Dann hat´s das zweite Mal geläutet. Alle anderen sind in den Saal gegangen, ich auch. Ich hab´ vorsichtig die Geigen getragen, hab´ mich auf Ihren Platz gesetzt. Dann hab´ ich genau auf den Geiger neben mir geschaut, so wie Sie´s mir angeschafft haben. Der Dirigent hat zu dirigieren begonnen. Aber mein Nachbar hat nicht g´spielt, nur immer mich ang´schaut. Hab´ ich mir gedacht, das is ein Trottel und hab´ auf den Geiger hinter mir g´schaut. Der hat mich genau so blöd angeglotzt. Und dann, Herr Jelinek, ist das Malheur passiert. Hat sich schnell herausgestellt, was war Quelle von Katastrophe. Herr Jelinek, von vielleicht 25 Geigern waren wir mindestens zehne Hausmeister."

Jelinek nickte betrübt. So viele Hausmeister bei der Neunten Symphonie, das war zu viel, sogar für Ludwig van Beethoven.

Sechzehnte Geschichte

OSTERLEITENGASSE

Papa saß mit Onkel Peter, der zum Schrecken von Mama eine Ägyptische nach der anderen rauchte und die Stummeln gleichmäßig in die herumstehenden Biedermeier-Aschenbecher verteilte, im Salon. Unser Stubenmädel Erna brachte den schwarzen Kaffee, Mama schenkte ein, plötzlich unterbrach sie das Gespräch der beiden Herren über die Schuldenkonferenz des Genfer Völkerbundes. „Die Mauricette hat angerufen. Sie möchte uns am Freitag zum Abendessen in der Ungargasse haben. Peter, wenn du Lust hast, könntest du après nachkommen. Die Mauricette kann leider nur zwölf Personen setzen und ist komplett, weil der Leo und die Ida Rapperport plötzlich aus Abbazzia zurückgekommen sind und doch noch zugesagt haben."

Peter, Mamas dunkelhaariger, schlanker jüngerer Bruder, war aus Agram gekommen, wo er lebte und arbeitete – in unserer Familie ein Synonym für „schreiben". Er war auf einen Sprung in Wien, um im Josephstädter Theater sein neues Stück „Verstehen wir uns?" abzugeben. Es sollte schon im Herbst Premiere haben. Peter drückte seine Zigarette aus und wandte sich an Mama: „Sag, Paula, ist Tante Mauricette tatsächlich eine 'Tante'?" Mama, immer beglückt, ihrem adorierten kleinen Bruder zu Diensten zu sein, nickte lebhaft. „Natürlich ist sie das. Mauricette St. Genois, wir sind um fünf Ecken mit ihr verwandt. Für ihren Vetter Max Regner-Bleyleben gibt sie ja am Freitag das Diner. Du weißt schon, der Max, der Bankdirektor in Brünn ist..."

Papa war leicht ägriert. Sein Interesse an Tante Mauricette hielt sich in Grenzen. Das gute politische Gespräch war – wie es das anschwellende geschwisterliche Gezwitscher erahnen ließ – für heute wohl im Eimer. Und jetzt sollte noch die Cousinage diskutiert werden. Hier galt es schleunigst einzugreifen, denn dem nur selten im Döblinger Familienhaus auftauchenden Schwager Peter, den Papa als brillanten Gesprächspartner außerordentlich schätzte, wollte er nicht so mir nichts dir nichts ins Dickicht Preradovicscher Familiengeschichten entschwinden lassen. Seine mit liebevoller Ironie gepfefferte Ansicht über den Stammbaum seiner Frau war allen bekannt: „Mit Müh und Not kleinster Offiziersadel aus dem Dreißigjährigen Krieg, und aus der Anno 1914 angepeilten Baronie ist wegen des verlorenen Weltkriegs und des exilierten Kaisers auch nichts mehr geworden."

Papa stand am Fenster des Salons und ordnete die Spalette der grünen Jalousien, die im sommerlichen Nachmittagswind durcheinandergeraten waren und leise knarrten. „Also, Paula, ich schlage vor, du sagst dem Peter noch kurz die Gästeliste, die dir Mauricette im Detail mitgeteilt haben wird. Dann können wir uns noch ein Stündchen ernsthafteren Themen widmen, eh ich wieder in die Redaktion muß." Mama nickte, per saldo war natürlich auch sie an sinnvoller, vorzüglich literarischer Unterhaltung mehr interessiert als an Gästelisten. „Paß auf", wandte sie sich an ihren Bruder, „da ist zuerst einmal der Joseph Ezdorf mit Frau..." Papa unterbrach etwas sarkastisch: „Ein Graf mit ebenbürtiger Gattin. Gott sei Dank kommt auch der Sektionschef Leo Rapperport aus dem Finanzministerium samt angetrauter Ida. Trotz hohen Beamtenranges ist er bürgerlich und, was für seinen Charakter spricht, nach wie vor mosaischen Glaubens. Dann wird der Franzl Matsch aus dem Außenamt da sein, lediger Erbe einer Sektfabrik, mit einer feschen Freundin, die er Margo, mit einer dreifachen Betonung auf dem O, nennt. Ihren Familiennamen hat sie in Znaim zurückgelassen, aber böhmakeln tut sie noch saftig..."

Mama unterbrach ihn lachend: „Ernst, ich bitte dich, hör´ doch auf, dich über alle diese netten Leute ständig lustig zu machen! Du bist ein intellektueller Snob! Schließlich muß es auch Menschen geben dürfen, die harmlose Eitelkeiten pflegen. Es können nicht alle monologisierende Denker, Dichter und Redakteure sein." Die Herren schmunzelten. Papa kratzte noch einmal die Kurve zurück zur Genfer Konferenz, über die er für die Neue Freie Presse berichtet hatte. Er geriet in Fahrt: Die Arroganz der Franzosen habe zwar in keiner Weise abgenommen, sie fühlten und gaben sich nach wie vor als die einzig bedeutende, die „grande nation". Allerdings trete bei den heurigen diplomatischen Konferenzen auch die jeweilige reichsdeutsche Delegation zunehmend breitspuriger auf. Wenn, wie man befürchte, Hitler demnächst die Reichstagswahlen gewinnen sollte, dann gnade Gott der Weimarer Republik, und darüber hinaus wohl auch dem Frieden in Europa. Allzu schnell könne sich das Witzwort aus dem Cafe Siller, Hitler sei Österreichs Rache an Preußen für die Niederlage von Königgrätz, als Rohrkrepierer erweisen. Denn ein kommendes Nazideutschland würde sich den Anschluß Österreichs als Generalprobe für künftige Annexionen nicht entgehen lassen.

Mama mischte sich ein: Hitler müsse doch wohl vor dem italienischen Diktator Mussolini Angst haben. „Keine Spur!" fiel Onkel Peter ihr ins Wort. „Die Italiener sind militärisch schwach wie eh und je. Sie gewinnen zwar die Kriege, aber die Schlachten pflegen sie zu verlieren. Bei uns in Dalmatien erzählt man sich eine köstliche Geschichte: Die Fiat-Werke haben für Mussolini einen tollen neuen Tank entwickelt. Wißt Ihr, was der kann? Um bei überraschenden feindlichen Angriffen schnell reagieren zu können, hat er gleich drei Rückwärtsgänge. Der Duce soll das bei der Besichtigung großartig gefunden haben. Was ihn wunderte, war, daß er auch noch einen Vorwärtsgang entdeckte. Auf seine Frage erwiderte Fiat-Konzernherr Agnelli, ein Vorwärtsgang müßte sein, schließlich könne der Feind ja auch von hinten kommen." Mama lächelte. „Ihr alten k.u.k. Marineure könnt an den Italienern kein gutes Haar lassen. Eigentlich sind sie doch respektable Leute – wenn sie uns Pola und das Meer nicht gestohlen hätten..."

Mama würde ihre Jugend an der damals noch österreichischen Adria in der großen Marinefamilie nie vergessen. Das Gespräch drehte sich jetzt um Ragusa, wo Onkel Ivo, Mamas und Peters älterer Bruder, einst k.u.k., jetzt königlich-jugoslawischer Marineoffizier, den einzigen Kreuzer, den Jugoslawien überhaupt besaß, kommandierte. Onkel Ivo hatte die ganze Familie nach Dalmatien eingeladen. Das war die Sensation des Jahres. Wir würden mit der Südbahn bis Triest und dann mit einem feinen weißen Dampfer bis Split und Ragusa reisen.

Vorerst aber stand der Freitag bevor, an dem Tante Mauricette ihr Abendessen geben würde. Papa hatte es geschafft, daß schließlich auch Onkel Peter zum Essen und nicht erst après eingeladen wurde. Der vorgesehene Tischherr der verwitweten Hausfrau, ein Glasfabrikant aus Gablonz im Sudetenlande, hatte sich beim morgendlichen Ausritt den Fuß gebrochen. Pech für den Gablonzer, Glück für Onkel Peter. Der war über die noble Einladung erfreut, konnte sich aber den bekannten Sager der „Frau Pollak" nicht verkneifen „ein Fabrikant gehört ans Stehpult im Comptoir, und nicht auf einen Pferderücken". Papa nahm seinen wöchentlichen „freien Abend", Mama ging zum Friseur in der Döblinger Hauptstraße und ließ sich den „Bubikopf" machen. Ich kann mich erinnern, über Mamas kurzgeschnittene und enganliegende Frisur furchtbar erschrocken zu sein. Ich glaubte, man habe ihr den Kopf geschoren und ein Fell aufgeklebt. Als ich dieser meiner Befürchtung Ausdruck verlieh, gab mir Onkel Peter einen ganzen Schilling Kinogeld, weil er meine Bemerkung so treffend fand.

Das war große Klasse. Denn erstens kostete eine Kinokarte im „Ideal"-Kino in der Osterleitengasse nachmittags nur zwanzig Groschen, und zweitens war ich mit dem dortigen Pianisten, unverzichtbares Requisit jener fernen Stummfilmtage, befreundet. Der Pianist, ein dem Rauchen Verfallener, trat jeweils zwischen den Vorstellungen durch den zwecks Lüftung geöffneten Seitenausgang ins Freie, um seinem Laster zu frönen. Das waren die Augenblicke, in denen er mich durch die nämliche Tür ins Kino schlüpfen ließ. Gratis. In keineswegs nur jugendfreie Filme. Als Dank ließ ich hie und da aus der großen silbernen Dose, die im Herrenzimmer meines Vaters am Lesetisch stand, ein paar Nachschubzigaretten für meinen Gönner mitgehen.

Am Nachmittag des Diner-Tages schlug Onkel Peter vor, die Eltern auf ein Taxi zur Tante Mauricette in die Ungargasse im dritten Bezirk – weit weg von unserer Döblinger Hügellandschaft, also fast schon in der ungarischen Tiefebene – einzuladen. Papa fand, das grenze an Hochstapelei. Mama wollte Onkel Peters Portemonnaie schonen. Und der war schließlich beleidigt, daß man sein großzügiges Offert nicht akzeptierte. Man einigte sich zu guter Letzt auf einen Kompromiß: Der Hinweg würde mit der Tramway zurückgelegt werden, mit der Linie G2, die von der Hohen Warte in Döbling über die sogenannte „Zweier-Linie" fast rund um die Innere Stadt und schließlich auch an der Ungargasse vorbei führte. Für den Rückweg aber, zu nächtlicher Stunde, würde man Onkel Peters Taxi-Angebot gerne annehmen.

Mein Bruder Otto und ich durften das elegante Trio von der heimatlichen Osterleitengasse bis zur Tramwaystation Ecke Gatterburggasse begleiten. Als wir nach langem intensivem Winken den G2 in der unteren Döblinger Hauptstraße verschwinden sahen – Onkel Peter hatte uns seinerseits bis zuletzt mit seinem Schirm von der hinteren offenen Plattform des Beiwagens zugewachelt –, wanderten wir in der beginnenden Abenddämmerung nach Hause. Im offenen Haustor des einstöckigen Biedermeierhauses vis-à-vis stand Frau Anna, die böhmische Hausmeisterin der mit uns innig befreundeten Notarsfamilie des Onkel Conrad Krünes. In ihrem authentisch nicht wiederzugebenden böhmischen Akzent fragte sie: „No, sogt´s amal, ist die Familie von eich zu an Begräbnis gefohr´n oder zu ana Hochzeit? So feine Leut´, modisch g´schalen´t sieht ma heutzutag´ net oft." – „Sie fahren ins Krematorium, zuschauen, wie sie die toten Leut´ verbrennen", antworteten wir ernsthaft.

Das Krematorium. Es bewegte die Gemüter der Wiener wie kein anderer Neubau dieser Zeit. Clemens Holzmeister, der wohl berühmteste Architekt der Ersten Republik, hatte es unter unter Verwendung eines Teils des dort verfallenden, einst kaiserlichen Schlosses Neugebäude gegenüber dem Zentralfriedhof gebaut. Ein funkelnagelneues Krematorium für die Stadt Wien – sehr zum Vergnügen des roten Bürgermeisters Karl Seitz, sehr zum Verdruß des schwarzen Bundeskanzlers und Prälaten Ignaz Seipel, und natürlich zum Entsetzen der christlich-sozialen Kernwählerschicht, die nicht zuletzt aus den vereinigten Wiener Hausmeistern bestand. Letztere hielten sich, zusammen mit allen anderen gläubigen Katholiken, vorbehaltlos an das in dieser Zeit noch ehern geltende Verbot der Leichenverbrennung.

Die arme Frau Anna konnte sich daher kaum fassen. „Na, so eine sindhafte Einstellung hätt´ ich mir von die Herrschaften mein Lebtag nie erwartet!" Empört schmiß sie das große Haustor hinter sich zu. Es dauerte Monate, bis sie die Eltern wieder grüßte, und das erst, nachdem ihr glaubhaft versichert worden war, daß wir Buben sie schamlos angeschwindelt hatten. Woraus sich ergibt, daß ein Diner bei der Tante Mauricette im bürgerlichen Wien der dreißiger Jahre durchaus auch Auswirkungen auf die Volksseele haben konnte.

Heimgekehrt fanden wir Neda vor, unsere Cousine aus Kroatien. Sie war eben – überraschend wie immer – mit einem großen Koffer angekommen, um einen Monat mit uns zu verbringen. „Deitsche Sprach´, schwere Sprach´!" pflegte sie zu lächeln, obwohl ihr Deutsch nahezu perfekt war. Aber die Sprachkurse fungierten als Alibi für ihre häufigen Wien-Besuche. Ihr südlich-slawischer Akzent kam allerdings manchmal durch, besonders wenn Nedica aufgeregt etwas zu berichten hatte. Und das passierte täglich viele Male.

Neda stammte aus einer ordentlichen Familie. Ihre Vorfahren waren kaiserliche Offiziere an der „Militärgrenze" gewesen, die den Balkan von der nördlichen Adria bis Siebenbürgen teilte und die Gebiete im Nordwesten vor den wiederholten türkischen Übergriffen schützen sollte. Ihr Adelsprädikat verwies auf eine der unzähligen Schlachten des 18. Jahrhunderts in diesem Bereich. Nedas Vater war Direktor einer großen, slawonischen Holzindustrie in Pakrac. Nedica war in Wien sofort nach ihrer Ankunft, die sich sehr schnell herumzusprechen pflegte, von Verehrern aller Art, vorzugsweise Freunden meines älteren Bruders, umschwärmt. Diese Jünglinge, zum Großteil Studenten oder Einjährig-Freiwillige, wurden von Neda kurz unter dem Sammelbegriff „Isvolite-Burschen" zusammengefaßt. Isvolite heißt auf Kroatisch soviel wie „Ist gefällig?" und wird als Einleitungsfrage bei Aufforderung zum Tanz verwendet.

Eine kleine Auswahl dieser Isvolite-Burschen wurde von Nedica ihrer Tante Paula, also unserer Mama, vorgestellt. In der Folge konnten sie daher, wenn auch nach gebührlicher Anmeldung, ins Haus kommen und der Hausfrau ein gewöhnlich eher ärmliches, aber den damaligen monetären Verhältnissen junger Burschen entsprechendes Blumensträußerl überreichen. Dann durften sie im Salon Platz nehmen, dem schwarzhaarigen und mit einem fröhlichen Temperament ausgestatteten Cousinchen heiße Blicke zuwerfen. Ich, schäbige präpubertäre zwölf Jahre alt, war natürlich sowieso außer jeder Konkurrenz. Nedica nützte dies taktisch klug aus, um mich mit „Kißlein hier, Kißlein dort" zu überschütten, was sowohl das Mißvergnügen der echten Cour-Macher, wie auch meine verzweifelte bubenhafte Wut erweckte. Wie immer auch, schließlich zog Neda mit „jeweiligen Herrn des Tages", wie Papa sie nannte, ab. Zum Heurigen oder in die Stadt ins Theater oder in ein Konzert. Es darf hier darauf hingewiesen werden, daß es in den dreißiger Jahren in Wien noch etwa fünfzig Bühnen, allerdings einschließlich der sogenannten Theater-Varietés und der Operettenbühnen, im ständigen Betrieb gab.

Von Mama ermahnt, erschien sie immer pünktlich um elf Uhr abends oder auch schon viel früher zu Hause in der Osterleitengasse. Auf unsere neugierigen Fragen, wie „er" und der Abend mit ihm wohl gewesen sei, lachte sie stets hell auf: „Zuerst war es ganz nett, dann hab´ ich ihm Laufpaß geben müssen. Ist leider ungebildet, weiß nicht einmal, wer Banus Jellacic war (zur Information des Lesers: ein kroatischer Kriegsheld und kaiserlicher Statthalter in der Mitte des 19. Jahrhunderts). Außerdem verwechselt er Operette von Franz Lehár mit einer von Robert Stolz. Schließlich glaubte er auch noch, daß Schmuserei im Heurigenproviant inbegriffen ist. Hab ich ihn leider endgültig wegschicken müssen."

Mama, die von Nedas Mutter ersucht worden war, doch ein bisserl das Terrain für etwaige ernstzunehmende Verehrer und dementsprechend folgende Liaison zu sondieren, meinte, Nedica dürfe nicht so strenge Maßstäbe anlegen. Einige der potentiellen Bewerber seien vielleicht schüchtern und von so viel slawonischem Temperament überfordert. Wenn sie all den netten Burschen immer gleich am Beginn eines harmlosen Flirts den Laufpaß gebe, werde sie eines Tages allein dastehen. Nedica lachte nur laut und fiel Mama um den Hals. „Bei euch ist es ohnedies am schönsten. Und im übrigen will ich ja unbedingt einen. Nur der richtige muß es sein." Sie begann eine damals beliebte Schlagermelodie zu summen, machte ein paar Tanzschritte durch den Salon und zwitscherte mit unverfälschtem Pakracer Akzent den Text: „Im Gegenteil, im Gegenteil, ich bin ja für die Ehe, im Gegenteil, im Gegenteil, ich bin ja für das Glück!"

Es waren letzte frohe Tage, Wochen und Monate der Unbeschwertheit. Bald begannen Unheil, Krieg und Verzweiflung auch die gerade noch so heil geschienen habende Welt hinter grünen Jalousien aus den Fugen zu heben. Nedica blieb in Wien und bekam, wie die meisten andern auch, ihr Teil ab. Kriegsarbeitsverpflichtung, Bomben, Rückkehr in die Heimat, später Frauengefängnis, Flucht. Alles das, was das Menü dieser Jahre zu bieten hatte. Bei Kriegsende kam sie wieder in die Osterleitengasse. Das Haus war halb zerbombt. Mama, die auch eben erst aus der Haft heimgekehrt war, richtete ihr ein provisorisches Lager im ehemaligen Speiszimmer. Nedica stand am Fenster, dessen Scheiben längst den Weg alles Irdischen gegangen waren. Die Jalousien waren erhalten, hingen aber schief, weil eine der Schnüre zerrissen war. In Gedanken versunken versuchte Nedica eine Reparatur. Durch die Gasse klapperte ein russischer Panjewagen. Neda begann leise zu summen: „Im Gegenteil, im Gegenteil, ich bin ja für das Glück!"

GLOSSARIUM

Personen, deren Namen im Text aufscheinen und die von einiger Bedeutung sind, ob gegenwärtig oder in der Vergangenheit, sowie Ausdrücke und Begriffe (etwa mundartliche), die nicht ohne weiteres verständlich sind, werden in diesem Glossarium angeführt und so weit als tunlich erklärt. Der Autor weist darauf hin, daß der größte Teil der Geschichten erfunden ist, ebenso wie die große Mehrzahl der auftretenden Personen. Eine wichtige Ausnahme bildet die zehnte Geschichte „Ripsky".

Agnelli, italienische Industriellenfamilie, Inhaber des FIAT-Konzerns 1

„Aristo", österr. Ausdruck für Aristokraten 84

Billroth, Theodor (1829-1894), berühmter Chirurg (Magenresektion) 55

Bristol, Luxushotel an der Wiener Ringstraße 85

„Bassena", wienerisch für Wasserleitung 50

Cattaro, Bocca di, (heute Kotor) K.u.K. Kriegshafen an der Adria00

Clark, Mark, (1896-1984), amerik. General, Hochkommissar in Österreich, OB im Koreakrieg119

Cilly, Stadt in Slowenien 66

Col di Lana, Dolomitengipfel, im 1. Weltkrieg heiß umkämpft, dreimal gesprengt. 19

Conrad von Hötzendorf, Franz Freiherr (1852-1925) k.u.k. Generalstabschef. 97

DDSG - Donau-Dampfschiffahrtsgesellschaft 68

Dollfuß, Dr. Engelbert, (1892-1934) Österr. Bundeskanzler, von Nationalsozialisten am 25. 7. 1934 ermordet. 71

Dinar, jugoslawische Währung18

„Detschen" - österr. für Ohrfeige 68

Eiselsberg, Prof. Dr. Anton Freiherr von, (1860-1939), berühmter Arzt, Begründer der Neurochirurgie 157

Figl, Ing. Leopold, (1902-1965), Obmann der Volkspartei. Landeshauptmann von Niederösterreich 1945 und 1962-65 69

Franco, Francisco B. (1892 - 1975), General, ging aus dem spanischen Bürgerkrieg als Sieger hervor, Caudillo (Diktator) 117

Franz Joseph I., Kaiser und König (1830 - 1916), Thronbesteigung 1848 26 ff

„Gams" - österr. Gemse 133

„Gizzi" - österr. Zorn 15

Gupf - österr. Hügel, Erhebung47

Guggenheim, Marguerite „Peggy", (1898-1979), Begründerin des New Yorker Museums für Moderne Kunst. Sammlungen in Venedig 123

Gelati - ital. Speiseeis 41

Glöckel, Otto, Sozialdemokratischer Kommunalpolitiker im Wien der Ersten Republik 59